梅谷十種書

[清] 陸烜 撰

拾瑶叢書

上册

文物出版社

圖書在版編目（CIP）數據

梅谷十種書 / (清) 陸烜撰. -- 北京 : 文物出版社, 2020.7

（拾瑶叢書 / 鄧占平主編）

ISBN 978-7-5010-6444-1

Ⅰ. ①梅… Ⅱ. ①陸… Ⅲ. ①中國文學 - 古典文學 - 作品綜合集 - 清代 Ⅳ. ①I214.92

中國版本圖書館CIP數據核字(2019)第275307號

梅谷十種書 〔清〕陸烜 撰

主　　编：鄧占平
策　　劃：尚論聰　楊麗麗
責任編輯：李縉雲　劉良函
責任印製：張道奇

出版發行：文物出版社
社　　址：北京市東直門内北小街2號樓
郵　　編：100007
網　　址：http://www.wenwu.com
郵　　箱：web@wenwu.com
經　　銷：新華書店
印　　刷：藝堂印刷（天津）有限公司
開　　本：710mm × 1000mm　1/16
印　　張：44.25
版　　次：2020年7月第1版
印　　次：2020年7月第1次印刷
書　　號：ISBN 978-7-5010-6444-1
定　　價：270.00圓（全三册）

前言

《梅谷十種書》底本爲清乾隆時平湖陸氏刻本，半頁九行，行十九字，白口，左右雙邊，無魚尾。此書係陸烜生平文學作品總集，包括《梅谷文稿》《耕餘小稿》《梅谷續稿》《夢影詞》《梅谷行卷》《吴興游草》《隴頭芻語》《梅谷偶筆》《人參譜》《春草遺句》十種。

陸烜，生卒年不詳，浙江平湖（今浙江嘉興）人，字子章，一字梅谷，號巢雲子，藏書家，主要活動於乾隆時期。據《兩浙輶軒録補遺》云，陸烜少時受學，後弃諸生，隱居胥山邱爲里（今屬無錫市濱湖區），與秀水張庚、嘉善曹廷棟合稱『三隱』。養高勵學，作《巢雲子傳》。沈荃編輯圖書之時，延陸烜校勘，勘定極精。陸氏兼通詩、文、詞，時人評價其詩得柴桑輞川遺韵，文出入昌黎南豐間，詞兼宗兩宋；又通音律，手製側簡二器，樂者多受其傳。晚年喜作畫，畫風超潔，一如其詩。陸烜亦刻書，《八千卷樓書目》《清續文獻通考》《四庫全書總目》中皆記陸烜曾刻《奇晋齋叢書》，内收明馮夢禎著《快雪堂漫録》、魏了翁著《鶴山筆録》、李浚著《松窗雜録》、文天祥著《文山題跋》等書十餘種。陸烜側室沈彩，字虹屏，號梅谷掌書畫史，頗有文名，《晚晴簃詩彙》中收有其詩作《春雨樓集》。陸烜、沈彩二人同好藏書、抄書、刻書及鑒賞書畫，《春雨樓書畫目》中記載了二人共同鑒賞過的一百六十餘件作品。陸烜曾撰《尚書義》一部，沈彩抄其全帙，清代藏書家葉昌熾贊其爲『玉台之佳話，鎮庫之尤物』。

《梅谷文稿》一卷，收《幽居賦》《落月賦》《學術論》等二十餘篇文章。前有竺簡序，云陸烜『恒課農桑，力耕牧，曰是亦爲政也。吟風月，弄琴書，曰樂在其中也』。評價其文『恬淡幽潔，適如其爲人』。《巢雲子傳》中自云『性好梅，謂其清疏高潔，有君子之德。每花時，輒取結巢雲壑之上，或經旬不返。人有見者，因目之爲巢雲子』。末頁鐫刻工姓名。《耕餘小稿》一卷，收其詩作百餘首，前有張庚序，云梅谷之詩『恬澹冲和，時露奇矯，範圍有宋諸家，而於放翁、石湖面目尤肖』。《梅谷續稿》三卷，收詩作、文章二百餘篇，後鐫刻工姓名。《夢影詞》三卷，收詞作百餘首，前有陳朗、天童老衲拙宜所作序。《梅谷行卷》一卷，收詩五十餘首。前有顧介序、陸烜自序。顧序稱其詩『興趣遥深，蕭然高寄』。《吴興游草》收詩四十餘首，末頁鐫刻工姓名。《巃頭芻語》《梅谷偶筆》二書俱記見聞筆記，共計二百餘則，皆形制短小。中有『朱子造墨』一條，見録於《茶香室叢鈔》，云『王玉衡藏古墨一挺，有朱熹監造字』。《人參譜》四卷，前有陸烜自序，末頁鎸刻工姓名。《春草遺句》收詩百餘首，係陸烜删存堂弟陸炌、陸炘遺作。

《梅谷十種書》總目録後有陸烜自識云：『烜少好學，以愛博而情不專，故見道未明，多能藝事，又意主就正，有所撰述都付剞劂。自乾隆己丑以前，約得十餘種……特以意主忠信，不欲改頭换面，塗飾天下，故仍應坊人之請，俾其即行問世，願以參烜之少壯功力、是非得失，且好古博雅。君子以烜爲鑒，毋先涉於文章小技，玩物喪志也。梅谷陸烜識。』

是書玄字皆缺末筆，以示避諱，非一時一地刊成。是書見録於《美國哈佛大學哈佛燕京圖書館藏叢部善本彙刊》，哈佛本鈐印有『真州吴氏有福讀書堂藏書』『周印培厚』等。據《中國古籍善本總目》，中國科學院圖書館、上海圖書館、湖北省圖書館皆有藏本。

中國國家圖書館　張偉麗

二〇一九年十二月

梅谷十種書總目

四本一函

人參譜四卷

春草遺句

烜少好學以愛博而情不專故見道未盼多能藝事又意主就正有所撰述輒付剞劂自乾隆己丑以前約得十餘種續後窮經有獲事往多戀之出而悔特以意主忠信不欲改頭換面塗飾天下故仍應坊人之請俾其即行問世願以泰烜之少壯功力是非得失且好

古博雅君子以烜爲鑒毋先涉於文章小技玩物喪志也梅谷陸烜識

總目終

皋谷文稿

士必植品節而後文章竊嘗怪古之貞介拔俗脩然塵埃之表者自栗里東皐一二公外往往無隻字之傳而後人猶津津樂得而稱道之豈非以其人哉吾友子章陸子居恒課農桑力耕牧曰是亦為政也吟風月弄琴書曰樂在其中也若是則抱道自樂庶幾古人而豈必以文著哉乃其文又恬淡幽潔遒如其為人然則人將以文重乎文將以人重乎吾俱不得而知之矣第世之讀子章文者當必有於高山流水間寄其仰止宛在之思則僕

固南邨数晨夕者也天下人知之不若僕知之深也是為序圓柳村農竺簡

梅谷文藁

平湖陸　烜子章著

幽居賦并序

予屏居隴畝蕭然自得無求於人或語予曰子得毋隱者耶予曰夫隱必有隱德若予乃村氓之自食其力自樂其天者烏足以言隱爰擬其人以當之作幽居賦

若夫南山之南北山之北有美一人好道抱德立志堅貞秉心淵默欲往從之邈不可即惟其有主

則虛無欲故靜物外何營箇中有省倏然真機澹爾妙境匿跡巖阿抗志箕潁水流雲在月到風来泬兮廓兮優哉游哉清琹一曲濁酒一盃長年抱膝終日心齋山青遠嶺草緑閒堦煙霞有癖魚鳥無猜流泉遶户落花盈懷有時出游童冠與偕或循山麓或臨水涯興至而往意盡而回曠然天真與物無垂混跡漁樵遊情弋釣田父谿叟與之同調鼓枻微吟釋耒長嘯逸韻外宣孤情内照羌無心而委運常有欲以觀徼時而春也則萬物飲醇

渾渾淪淪鶯猶求友燕解就人楊柳滿陌桃花通津天開錦繡以怡吾神時而夏也則背山臨流竹籬茅舍踈踈烟火依依桑柘既成我蠶復耕我稼羽扇綸巾以樂餘暇時而秋也則黃葉辭樹白雲自流天高氣肅鴻雁啾啾尋山渡水望月登樓可以賦詩以寫煩憂時而冬也則風悲四野雪滿山中夜火遠寺踈鐘自舂犬疑成豹梅欲化龍迢迢空谷以寄清踪若乃笑傲羲皇流連圖史精一書傳易簡易旨禮不求文詩以明志嚴謹麟經浮誇

左氏泛濫百家分别諸子匪曰宏通樂而忘死然而有德莫名有才不展淡泊明志寧靜致遠白屋棲遲空林偃蹇長揖夷齊把臂嵇阮識松柏之後凋戀邱壑而忘返既履義而懷仁亦含真而抱朴審今古之異宜乃沉冥而遠辱觀時運之推遷感人寰之迅速惟鑿井以耕田但夕吟而朝牧或以為釋氏之逃虛或以為老氏之知足其諸居易俟命之君子射必期乎中鵠

落月賦

悲乎哉天地俱寂闃河黯澹惟有參橫徒存斗轉魄影難留清光不見試望屋梁猶疑人面當夫天既晚日初沉霞飛峭壁雨散危城西廂姑待東閣徐迎于是月初出有似乎傾蓋之辰方離滄海漸上瑶京徘徊牛斗蕩漾烟雲脩眉畫就半面粧成漁舟空載羅帳還分及夫子夜時三更節二十四橋三十六室長笛吹殘子規叫徹于是月正明有似乎班荆之日兎起杵邊蟾吟樹側桂子香飄霓

裳舞畢環珮風清笙簫露濕唐苑爭看庾樓共覓孰意漏將盡星欲稀竹籬犬吠茅店雞啼晨鐘動野宿霧湍谿于是月乃落有似乎分袂之時亂移花影斜掛柳枝乘風歸去沾露何之鉤藏海角鏡破天涯一輪入地七寶墜西逝同弱水冷浸咸池金樞殘壞玉宇傾欹忽然一別邈矣難追已焉哉昔日緱山舊時牛渚竊藥何期應潮徒語已覆望舒之車更落吳剛之斧啜其泣矣關山傷如何兮南浦長笛斷而無聲衆星明而將曙悶青天兮幾

時欲寄愁予何許至如彩雲易散弱草難栽深深
玉葬鬱鬱香埋鞦韆苑落楊柳樓臺羅浮夢醒赤
壁舟迴悲別離予自古孰能喻我落月之懷

學術論

昔孔子曰不得中行而與之必也狂狷乎於以見全材之難得而聖人樂育之懷并包而無遺也求中行於孔門顏氏之子其庶幾乎外此如柴之愚參之魯師之僻由之喭皆不能無性之偏而魯論所載諸賢論說如子貢曰君子質而已矣何以文為子夏曰大德不踰閑小德出入可也凡諸所言皆未必是非不謬於聖人相譏者則曾子有堂堂乎張難與並為仁之論且子游子夏之論本末子

夏之門人問交于子張皆嘖有煩言其所見之不同如是而要其為狂狷之資學聖人之學而為聖人之所與則同也夫以一堂之上親炙於孔子猶不能強之使同乃私淑於千百年之久而欲執子面如吾面此論學者之蔽也或且謂性天之際則無有不同者則性與天道子貢固以為不可得而聞漆雕開猶曰吾斯之未能信顏子亞聖未達一間自非聖人又安辨其孰同而孰異耶三代而下考亭朱子質之近於中行者也而猶疑於狷者也

學朱子之學者則皆狷者也象山陸子疑於狂者也學陸子之學者則或有智者之過者也而要之使聖人而在當各有取何則諸君子皆學聖人之學其存諸心者無欲其見諸事者當理其措諸天下而治安則無不同也嗚呼自諸君子不幸而不得聖人為依歸補偏救敗乃各行其是各不相能如薰蕕之不同罷彼蚩蚩者既不知有學一二好脩篤學之士又唯是入主出奴激而為已甚之辭聖人既不可作中行之士不少槩見學術之弊吾

不知其何所底也悲夫

正心論

佛教之為患於中土其蠹國病民其害猶小惟中於君心則其害甚大其福田利益中於庸主之心其害猶小惟機鋒活脫中於明主之心則其害甚大而不可勝言矣昔者先王畏天勤民朝乾夕惕惟精惟一而允執天下之中凡以淬礪其心者無不至而猶視民如傷望道如未見蓋治天下不敢以輕心掉也故發一念措一事必計長久慮萬世明彝倫之叙辨上下之分為之井牧以養民生為

之典禮以定民志恐其離也故有睦婣之義復恐其混也故有氏族之別民不能無飲食而飲食細故皆有節民不能無衣服而衣服章程皆有制民之大欲在男女而婚姻以時貴賤有別奢儉得中皆大為之防而不可踰而又以禮義廉恥導民扵善使天下尊卑上下之分秩然扵人心各安其生而無外慕周官周禮之書不厭覼縷夫豈先王之心之不憚煩哉蓋實有見扵不如是不足以治天下也而自佛眼觀之則皆若先王之迂愚而多事

故當前即是而不計及於未來也自修其身且絕倫類而不顧也世法平等而不知有尊卑上下也乞食布施而無庸耕織也明心見性而厭棄典禮之糟粕也慈悲一切而何有於睦婣也普度衆生而去其氏族也口薄滋味屏肥甘而弗食也體外形骸却輕煖而不御也而且視妻子之皆為孼緣居室之皆為幻聚而預絕其愛根也而又以其因果報應之說與潛移默化誘民於善而無事詩書禮樂之煩擾也故君心如佛心則燕紅趙翠直以

為空花也被袗衣繡直以為借境也天下如蟬蜕也庶民如蟻附也其蠲免薄賦不過為普濟度衆也刑罰征誅不過為棒喝警惕也以彼其清淨寂滅之心慧光朗照無迷不破治天下宜恢恢而有餘矣然而先王之教之不修下之人既不知禮義廉恥上下尊卑之分不可侵多惰民則財盡無貴賤則争生彼其輪迴感應之説又久之覺其無驗而不知懼無事則以一炷香為祈福免禍有事則且視六尺軀如幻住泡影而不知畏死民不畏死

則必將恐於其上而上之人機鋒所值又必如慧劍斬魔而恐於其下上下相恐而殺機動矣堯舜禹湯文武周公孔子陽春白日之和光一變而為陰風苦雨此佛氏之教之必至者也由是而欲託孤寄命則無死節之臣欲勤王急難則無激於君父之義而思執干戈以衛社稷者何則人心皆乘覺而無迂愚也是即佛氏之教也蓋陽剛舒和陰柔慘殺佛之道陰道也故初則慈悲終必殘忍夫自韓子以來先哲大儒皆闢佛不遺餘力豈徒為

空言以衛道哉蓋有見於寔禍有必至爾夫老之弊尚流於申韓使佛氏不衰吾不知其何所底止也然則去之之道當奈何古之欲明明德於天下者先治其國欲治其國者先齊其家欲齊其家者先修其身欲修其身者先正其心欲正其心者先誠其意欲誠其意者先致其知致知在格物夫既格物以窮其情狀致知而不為異端所惑誠意而力信先王之道之必可行若是則心正矣君心既正而後井田學校可漸以興百年必世天下之心

皆正而其教自不行於中土也

尚德論

治天下有二端德與法而已矣三代之治天下以德後世之治天下以法其勢皆足以治平然而叅之羣情收其成效揆乎君心則有大不同者焉説者皆謂秦隋任法皆二世而亡幾以法為不足恃不知秦隋之亡亡於不法非亡於法也夫法必依德而立苟違乎人情離乎天理則非法矣法者德之標也德者法之本也故法亦足以治天下且尚德之主德衰而民即携貳任法之主苟不至於大

無道而民終惕然而不敢動若是者則宜尚法不知治天下猶治水也尚德如澄其源而利導之川流各安其性而自無潰決之患尚法如循其支流而一一大為之防此塞則彼潰此障則彼決其幸而不潰不決而常常有欲潰欲決之勢故尚德之世人情皆悅豫而無外慕各安其業各守其分欲爭名而名無所用欲爭利而利無所用故各不相爭民之戴君如戴天而不知天之高履地而不知地之厚也故皞皞如也若尚法則民皆將爭於刑

書刑書愈密而民之情僞愈變幻而不可測於是有德之君子既高蹈而遠引其有才而嗜利者則思假文法以取高位而肥其身家而強梁不逞之徒見君德之無以絕異於人以為君者不過適然為之則將曰彼亦人也吾亦人也是可取而代也其幸而歲遇豐穰民皆不知食君之福其不幸而遇凶荒水旱則皆將積其愁苦怨毒之心而歸過於上雖政令猶行而天下之心已厖解矣故積德之久比其亡也日以削弱而猶能中興任法之久

比其亡也發於俄頃而遂以殄滅三代無論已漢有文景之業唐有貞觀之治故高邑靈武皆危而復安而秦隋之亡則一蹶不可復振此其成效可覩也然則元明之中主皆知立法而不知尚德毋亦以法立則得肆於民上而縱其逸欲乎抑知其又非也夫天下不能獨理也故有資於庶司百執事皆當以心相接而不當以勢相臨若任法則能束縛其身而不能固結其心夫既非一德一心則人藏其心不可測度將互為欺隱人君必燭照數

計以窮其奸且左右近習之人皆如楚越之不可盡信勢不得不逆詐億不信以防其漸由是雖細事猶將越俎以代而兢兢於持太阿之柄蓋不知其幾費焦勞而又安能逸欲也若夫尚德則奈何清心寡欲恭默思道舉賢而任能臨下以簡御衆以寬久之而淪肌入髓天下為一家中國為一人所謂天子者被袗衣鼓琴不出戶庭而天下治矣美哉化日之舒長而君心之休逸也故尚德貴焉

讀呂刑

刑期無刑詩曰民之失德乾餱以愆易曰飲食必有訟訟者刑之原也而財又飲食之原也身民所愛也財亦民所愛也民愛身而不敢犯刑與愛財而不敢犯刑其為無刑一也穆王體虞廷金作贖刑之至意疑獄慎刑仁人之言哀矜惻怛故雖當日荒溪轍跡而民猶不至於携貳夫子録之蓋於祥刑有取焉耳不然詩以備勸戒故美惡互陳若書則言皆典訓足以昭示來茲雖下至秦誓猶取

其一節之善何獨於呂刑而錄其非道哉周衰獄辭煩重至五刑之屬三千未幾而秦法酷烈矣刑名法術之書並作穆王之為此豈非用刑之得其中者歟老聃有言民不畏死奈何以死懼之故漢高約法三章至文帝除肉刑而天下幾於刑措任殺之主未有能期于無刑者也或曰然則納鍰果可以為訓乎富者得生貧者必死斯言謂何余曰此後世之見也三代分田授產既均無所謂貧富也且先王之為此出於求生而不得後世之為此

則出於聚斂乃其心則有間矣若穆王固可誣之若寘廷之納贖又豈貪金之主哉覩于此而知後世治獄之官其貪汚而上下其手者固為王法所必誅其廉潔而察察為明流為殘刻抑亦非聖人所深予也已

婦人守節議

飲食男女人之大欲存焉死亡貧苦人之大惡存焉若婦人不幸中道而喪夫無男女之樂而有死亡之慘易曰苦節之貞蓋其難哉婦人以夫為天若無夫是無天也婦人謂嫁曰歸若無夫是無歸也以失路之人而皇皇於無天之下其奚以生幸而獲生生猶死也故欲勵苦節必以死自矢若猶未能忘生則必出於再嫁夫謂婦人之義從一而終一與之齊終身不改是皆謂夫在也若既出而

再嫁與夫死而再嫁雖皆不得為賢婦人而要未可遂被以惡名故聖人言禮於再嫁無明禁而於詩則錄柏舟以示勸凱風之貽譏徒以七子之母也而孟子猶謂其過小　國家制律亦無再嫁之禁而禮臣有貞節之旌是皆聖人深體乎人情以守節必出婦人之中心非一毫之可強誠極難而非細事也今夫士平居讀書知大義一旦有故當易姓改物貪榮慕祿隳行喪節靦顏立於人之朝者何可勝數夫爵祿富貴之可欲孰若男女之由

於性生乃以學士大夫所難能而責婦人女子以必能是共姜伯嬴接迹於當世而　國家貞節之旌亦無庸設矣奈何先王無禁　國家無禁乃世之號為習禮者倘不幸遇此類皆禁其再嫁俾其守節以全令名嘻吾又安知其婦心之果饔氷茹蘖安心而出于此耶其幸而克終厥節大抵多如籠鳥之囚已傷造物之仁然防川之勢易於潰溢甚者或至中冓之不謹令名無聞而惡名已達於道途之口人徒謂婦也無良吾以為為之長者固

未嘗審人情揆禮律而慎之於初也然則為之舅
姑家長者當奈何俟其服闋微諭以可嫁如其不
許則益加禮欽敬而護惜之為婦之道當奈何或
有問於程子曰孤孀貧窮無託者可再嫁否程子
曰此是後世怕寒餓死故有是說然餓死事極小
失節事極大而富貴者又無論也

葬說

易曰古之葬者厚衣之以薪葬之中野不封不樹孟子曰蓋上世嘗有不葬其親者其親死則舉而委之於壑他日過之狐狸食之蠅蚋姑嘬之其顙有泚睨而不視夫泚也非為人泚中心達於面目蓋歸反虆梩而掩之此葬之始也於是聖人體仁人孝子之心制為棺槨衣衾而舉之卜其宅兆而安厝之然惟王公則加以封樹庶民則墓而不墳此中古備禮之葬也後此踵事增華勢位有力者

為之墓道坊表廓大而無已而且風鑑龍水陰陽煞忌之說興於是葬必擇地地必為墳馬醫夏畦之鬼皆得封三尺土而歲時以一杯羹為墓祭夫使人人有墳天下之土地有限而人之死者無窮勢必盡侵稼穡之地而不足而貧民安所得尺寸之地又棄其骸而不可葬理之不明而民始有不克瘞者不得已而出于火葬又弊所必至者也火葬之禍始於佛氏傳於西域昉於有宋而盛於江南今夫人生則居處衣服凡以護惜其身者無不

至乃其既死猶是筋骸血肉之軀一旦舉而悉畀
之於火昏焗烈焰皆人之脂膏尸氣上薰白日為
之掩光嗚呼慘矣古者小斂大斂以至殯葬皆擗
踊為遷其親之尸而動之也夫動之且猶不忍而
況於火之有焚其先人之室則三日哭故新宮災
亦三日哭是焚及於先靈之依猶如此其悲也展
禽謂夏父弗忌必有殃既葬焚煙徹於上或者天
寔災之然謂之殃則凶可知也楚子期欲焚麋之
師子西戒不可雖敵人之尸猶有所不忍也衛侯

掘褚師定子之墓焚之於平莊之上楚令尹子常炮郤宛之尸蓋自古極殘忍駭俗之事田單守即墨之孤邑積五年思出萬死一生之計以激其民故襲用其毒誤燕人掘齊墓燒死人齊人望之涕泣怒十倍而齊破燕矣然則焚其先人之尸為子孫者所痛憤而不自愛其身故田單思之五年出此詭計以誤敵也尉佗在粵聞漢掘燒其先人冢陸賈明其不然曰反則掘燒王先人冢耳蓋舉至不堪聞之事以相恐非恐為之也尹齊為淮揚都

尉所誅甚多及死仇家欲燒其尸尸亡去歸葬夫
欲燒其尸仇之深也欲燒之而尸亡是死而有靈
猶知燒之可畏也漢廣川王去淫虐無道與其姬
昭信共殺幸姬王昭平王地餘及從婢三人後昭
信病夢昭平等乃掘其尸皆燒為灰去與昭信旋
亦誅死東海王越亂晉石勒剖其棺焚其尸曰吾
為天下報之夫越之惡固宜至此亦石勒之酷而
忍為此也王敦叛逆有司出其尸於瘞焚其衣冠
斬之所焚猶衣冠耳惟蘇峻以反誅焚其骨隋為

仁壽宮役夫死道上楊素焚之上聞之不悅厥後楊玄感反隋亦掘其父素塚焚其骸骨殆天道之好還也蔣元暉瀆亂宮闈朱全忠殺而焚之宋誅太子劭逆黨王鸚鵡嚴道育既焚而揚灰扵河是皆憯虐之甚者非治世法然猶以施之元惡大憝乃今之焚者何罪耶且古人扵服罷之微猶不忍投之扵火故扵重也則埋之扵杖也斷而棄之是忠厚之至也而況敢焚及扵尸柩耶然則火葬既仁人孝子所不忍言而小民又安得盡有一杯土

而為之葬即或設漏澤之園亦迂而難周且委棄錯雜究亦與暴骸中原無異若之何而善其策也竊嘗原古者葬禮之始而繹先聖賢之微言則所以處此者固自有道矣國子高曰葬也者藏也藏也者欲人之弗得知也子游問喪具夫子曰稱家之有無子游曰有無惡乎齊夫子曰有無過禮苟亡矣斂首足形還葬縣棺而封人豈有非之者哉子路曰傷哉貧也死無以為禮孔子曰斂首足形還葬而無椁稱其財斯之謂禮馬融有言喪祭之

禮約則終者掩藏矣成子高謂生而無益於人吾何以死害于人乎我死則擇不食之地而葬吾焉由諸君子之言觀之而知葬期乎藏苟得其藏雖儉無害葬不侵地苟必侵地葬乃有慾夫地上之地為民之所爭以耕食者不過此二三尺之土耳而地下之地無窮誠使令民皆不得拘陰陽煞忌之說破其徵鬼之情而諭之以無禨虐士凡民有喪各從其里閭族黨閭相其土田之有粟者償其一歲粟之入有麥者償其一歲麥之入掘地度耒

耜所不及懸棺而葬之而上之耕植如故若是則無墓田而皆有墓田且高塚大邱其終歸於耕壠此不過早数百年耳於是富者則如中古之倫禮貧者則如上古之掩骼知地下之可藏小民又安患弗得其地不得已而出於火葬哉

復郃雷門勸應舉書

魚潛于淵而不思離于淵鳥棲于山而不思離于山何則其跡便其心安也僕之生殆若魚鳥然僕豈慕古之石隐者流輕世肆志有託而逃入山惟恐不深入林惟恐不密自放於猿啼鶴嘯窮崖絶谷之區者耶僕自六歲入小學亦嘗從父師受科舉業稍長膺父母命應學使者試獲補弟子員爾時亦思叨一命之榮邀升斗之祿為吾親娱老計不虞數年之間吾父吾母吾生母前後棄不肖而

去巳矣為無望也已歲月淹忽僕今年已二十有九頗見道未明讀書未廣學術未充才識未鍊其不堪為當世用明甚於是絕未来之想省巳往之愆而為目前之計則近先人之廬墓有田十餘畝可耕而食遶屋有桑一縢可蠶可衣茅簷土室足蔽風雨茂林修竹足送懷抱嘗於六月耕種粗畢憩片石挹清流惠風拂苗不駃不遲見婦子携饁至恍遊於康衢擊壤之天又嘗秋成秫酒既熟招二三鄰曲就桒疇泥飲班荆失次吹竽擊鼓又自

以為一幅豳風圖也或時彈琴以平其心詠詩以
明其志畫石作草以寄其興泛舟垂釣以博其趣
如是焉已亦曰其迹便其心安也且僕素有痰眩
之疾每當山水清美則精神稍得條暢遇機事冗
雜輙煩眩欲死僕安能應當世之務哉夫以迂踈
戔陋之學加以沉痼之疾貿貿焉嘗試應舉毋論
自取黜逐即使幸而獲選上無以應　聖主之求
下無以荅蒼生之望自誤誤人辱親虧體莫此為
甚此何異驅魚而入於網迫鳥而入於檻也其為

不便不安孰甚焉唯足下原鑒之不宣

與友人論水利書

七月初六日大雨初七日大風、雨益横如翻盆如溅瀑風聲與雨聲相混洶湧淜湃如坐洪濤中入夜天奇黑室中火不能燃水滛滛侵户漸及於牀竈杵鐺釜皆没環堵傾圮欲墜䰟飛膽裂待命而已俄而震雷一聲雨止風息天微明乃跬水彳亍啟户一望則田疇禾稼薑塍菜畦都成巨浸僕盱居如渚海一舟空絶無依凡諸墟墓之坊村落之聚浮屠之宫俱各叅差出沒於波濤浩渺之間有隣舟掠予廬而過者咸慶更生且曰此天禍也僕則以為有地利有人事初九日得足下書亦有天竟何如之語足下亦嘗讀書考古乃亦為此言哉夫秋霖潢潦狂風颶母歲所代有比年来一遇之而水即泛溢乃地之壅積沸騰瀦而不能洩也吾吳之為澤國久矣東南之水源於天目滙于太湖納杭湖宣歙萬山之水而注之于吳淞江以達於海水經所謂長瀆歷河口東則淞江出焉禹貢所謂三江既入震澤底定是也說三江者非一而要

以郭景純之為岷江浙江松江者近是范蠡曰吳之與越三江環之夫環吳越之境非岷江浙江松江而何則經之所云三江乃統揚州之域而言之若獨承太湖之水而注之於海禹之故道則獨有吳淞江然而潮汐之上下菰蘆菱莽之叢生汚泥沙礫之蓄積而小民無知又多廓田擔土以與水爭尺寸之利且土性輕揚堤堡不固以故難浚而易湮又莫如吳淞江明自夏原吉治之況鍾周忱海瑞繼之其間雖支分派别互有區劃而要卒底

於治今則相沿日久淤塞已甚吳淞江之廣且深較之前代僅及四五而支流之黄浦白茆蟠龍白鶴滙諸水又湮塞過半平時已有蓄而欲潰之勢一旦加以秋霖之暴漲狂風之震蕩太湖三萬六千頃之波濤奮迅激怒滔天掀地争於一綫之流幾何而不胥吾吳而魚鼈也幸而獲全乃尤為天之福之也然今者民人不知大吏不問僕以草莽鄙夫諰諰不置此何異杞人嫠婦之憂其何補哉然而終為足下陳之亦冀足下苟不以為無稽即

棄之敝笥傳諸道途之口或入於百執事之目惕然動心憫其陷溺盡人事而興地利慨然復禹之跡則吾吴百萬生靈之幸也不然將来未可知也無任惶恐悚惕之至某再拜

七十六 [illegible] 二十

族譜引

吾宗自全翁公始由雲間遷平湖當元季之亂徜徉於九峰三泖之間遂家焉迄於烜凡十世其間絕無仕宦顯貴皆力於農而家皆殷富且又皆享有高年夫力田而致殷富則其非權錙銖競錐刀而克勤克儉不自暇逸可知也殷富而猶力田則其非驕淫矜誇怙侈滅義而不慕乎外隴畝自甘可知也且又皆享有高年則其非竭筋力以傷性縱嗜欲以戕生而秉時委運自樂其天又可知也

蓋吾先人世有隱德歷數百年如一日猶全翁公
志也吾見夫仕宦顯貴者矣寒丁白屋一旦得位
秉勢高其閈閎羅其妾媵臧獲鳴珂佩玉鮮衣怒
馬意氣洋洋里閭咸側目嗟歎良田腴産離亭别
館為子若孫計者甚周以悉然而習為驕奢淫佚
目不知詩書手不知耕織唯是飲食服御投壺陸
博歌舞之是尚未幾而窮困襤褸頽垣破屋其祖
父骨肉未寒降為皂隸鞠為茂草比比然矣說者
謂周以稼穡開基故其享年獨永夫家與國一也

則吾宗之冝碩大綿遠竊於此有厚幸故列敘其近而可紀者斷自全翁公始書示子孫使毋忘稼穡之艱難焉非然則伯言敬輿之功業士衡魯望之文章忠貞著者若而人孝行稱者若而人馳騖而攀援其可勝道耶其可勝道耶

吾炙集序

昔在舜之命夔曰詩言志而禮復述夫子之言曰志之所至詩亦至焉毛詩序復申之曰詩者志之所之也在心為志發言為詩而詩之蘊盡矣故三百篇雖有風雅正變之不同大抵皆詩人有觸于中不得已而見諸辭者也春秋士大夫猶有歌詩以見志者況於自發其吟詠乎後之為詩者率牽於題迫於事因於人去其性情心志蓋遠若之何而有詩也蓋自楚騷十九首以來愈遠而愈失其

真人情多亢戾而鮮沖和遭時多離亂而鮮盛美求其得性情心志之正抑又難盖温柔敦厚之旨邈而詩教亡矣余自少學詩讀伐檀十畆衡門蒹葭諸篇輙徬徨久之稍長遂遍觀前人之作擇其言尤雅者鈔録成卷取自怡悦亦曰是即吾之性情心志云爾人心之不同如其面也吾豈敢謂子面如吾面而自附于删述之列乎哉

産鶴亭記

天之生靈物亦蘄矣燕雀鵻鶇鶬鶉鳩鴿梟鷺鵯鷗之屬類聚群生聒林蔽日蕃衍滋息何其多也非必如鶵鸞鸛鸐鳳凰而後不恒産於世即靈異如鶴已不數數覯然則人之蚩蚩者觸目皆是而好古特立者之絶無而僅有又何怪也曹子六圃所謂好古特立者也杜門著書垂三十年窮天人之秘抉先儒之奥亭有二鶴忽生雙雛因名之曰産鶴夫六圃之居非崆峒華亭為鶴之所都乃神

交形化厥產霻羽豈非六圃之好古特立有以感名人傑故地霻一丘一壑不啻深山大澤而天鍾秀于是毓奇獻瑞實生靈禽以寵異之耶入是亭者夫孰敢題凡鳥而去濯江海翔太清矯矯如雲中鶴吾於六圃見之矣雖然六圃湛深經術足為世用非如林逋張天驥之徒好鶴而逃虛者在易中孚之九二曰鳴鶴在陰其子和之我有好爵吾與爾靡之　明天子在上吾將拭目而望鶴書之至也是為記

舒明府隱廬記

隱者其跡乎其心乎亦曰其心而已矣苟其抱道自樂淡漠寡營穆然與造物同遊蕭然與古人高寄所謂伊人山之巔水之湄隱也江湖之上寰闠之間猶隱也即以之搢笏於玉堂委蛇于金馬乃尤為隱之大也匪直此也古之立大德著偉節樹奇勳皆隱者之為也士唯中無所得惟是勢位祿利顯榮富厚迫於夢寐牽于妻子以故見義而沮臨難而免依違畏葸阿諛苟且敗度喪志其欲勝

也若隱者無欲爵祿富貴如蜕如寄無希榮固寵之心且并無好大喜功之念循乎理而順乎天盤根錯節厝薪燎火澹泊寧靜應之而有餘卒以立大德著偉節樹奇勳非隱者而能然乎哉推此志也即堯之垂衣裳而天下治舜禹之有天下而已不與以為隱於帝王可也亦曰其心而已矣非然則士固有席松石漱雲霞而猿驚鶴怨識者已譏其非隱且彼其茅檐土室鋤雲耕雨泥塗襏襫之子深山之樵空江之漁其皆得為隱者耶舒明府

雲亭賢而隱於吏者也蒞海鹽之一年政清民理葺廬於署之東偏名之曰隱廬公今往矣邑之人恐後来者之習於隱而荒于政也欲毀之余因申隱之德以之治天下無不可况百里宰乎爰追記之俾勿毀

遊虎丘山記

山多奇峭而坡巒為難水多奔激而淵渟為難求其山不高而平水不波而清無攀援跋涉之勞而忘乎山水之遊行者其惟虎丘乎客曰斯固吴闔閭之所瘞也晉王珣及弟珉之別墅也生公說法之壇也君王之熖息而為名士之廬名士之風邈而為竺乾氏之宫歷千百年風景數變今則兹丘不幸而密邇長洲唯是販夫俗子之與偕不足以辱高人之趾山水蒙羞殆其甚哉余曰唯否夫傷

今弔古欷歔欲絕必求曠野無人之境而托足焉此憤時疾俗山林獨往者之為也若吾與子尋目前之樂則吳姬之酒可嘗僧雛之茗可滌歌兒之喉可聽張而不弛文武弗能予方將與斯人長保此良辰美景優游泮奐之樂也而又何多慨乎於是客亦自失相與極樂見夫衣香人影出沒於古松流水之間彷彿小李將軍一幅圖畫已而大風忽起聲振林谷若有虎咆哮而過者而夕陽亦將西落矣遂浩歌而歸歌曰

梧宮秋兮吴王愁霸圖消歇兮空茲丘後二千年
兮吾来遊青山不改兮松柏修修笙歌兮雜稠佳
人兮夷猶萬物自樂兮我心何憂

遊龍湫山記

龍湫去余家三十里而近予夢想十年始獲一游游以十月無賓朋飲饌之惟唯一童携茶具自隨而已初入山見黄葉布地白雲在天道傍村童汲井意思閒遠便已幽絕及山之半海潮方生如一線白萬馬奔騰而至須臾已到山下洪然有聲回視山石嶔崟林木蔽野予急欲取勝遂循僻徑而上皆巨石偃卧蒼蘚冷滑不可以趾幸有穉松萬株離立如杖乃攀援而登猶復時時失足驚悸欲

隨夫茲山特培塿耳乃余以一投足之誤其險不
啻如峨嵋太華然則夷險亦人所為貪得躁進其
可不知所懼耶遂登絕頂臨大海見夫出雲之礁
侵沙之嶼如黿鼉拱伏於其下風帆竹筏漁舟戰
艦如羣鷗出没於其中烟消日出霞興霧歛二廣
七閩琉球日本遐荒絕域之奧區似可屈指而數
蓋茲山雖無奇峰秀巘之勝登高望遠亦足極天
下之大觀也已由是更達於龍湫之泉泉水一泓
清徹可愛呼童拾松枝煮茗飲盡二器脩然倚石

見蒼鷹盤空遠與天際已而海色冥濛暮景蒼然而来遂循大道謁龍母祠假榻寺中侵曉乃返

遊松江至小橫山記

九峯三泖間人家多背山臨流有田可耕有川可漁有林可樵小市足供酒蔬舟楫無勞杖屨以故高人逸士恒喜居之季秋九日沉疴乍脫慨然有蓴鱸之思遂發興游松江自圓泖達於青浦皆舟行煙波浩渺中葭葦黃落洲渚掩映帆影雲光依約天際時或鶴唳一聲尤深人情既而登佘山問道於平原邨尋吾家士衡遺跡居民皆築塲刈稼有自得之趣又歷細林天馬鳳凰諸峰大抵山多

叢竹水見潛鱗清暉娛人遊子忘歸最後至小橫山而水石為最奇勝山在橫雲山之側故以小稱自絕頂由東北一隅皆石壁峻立下臨幽溪溪水淵黑側足不敢正視及迂徑蛇行而下又復坡陁平衍可坐漁釣小橋流水忽通深邨異時峯泖之間余將卜居而終老者其在斯乎是為記時乾隆丙戌也

黄楊木琴案記

庚辰之夏予讀書巽菴上人之香露山寺寺有黄楊木一本大徑两人抱高逾尋丈老榦扶踈聳拔于古殿之側上人指示予曰此靈發先師所手植也初故植之缶中後先師欲移缶置他處至此地忽蹶而仆缶碎先師即自解悟曰從前受牢籠乃今得擺脱一片靈根茁任爾蟠四大遂植于此盖已百餘年矣余愛其陰之清而容也每當清風徐来月光徹逗揮白羽扇偕上人談清净理明河斜

轉暗露濕袂卒悠然忘倦盖予之得以避炎暑而娛心目者于此木之清蔭有福庇焉後一年復過之則木已枯朽死矣予惋歎者久之并問上人令將何如上人曰煮菜甲煨芋栗亦所湏也舉刼火焚之何不可予曰固也然吾獨惜其終不見用于世也夫其得成此陰然之材不知其幾厄于寒暑之推遷風霜雨露之剥蝕幸不傷于樵夫俗人之手得以永其天年此何異士之終老岩穴卒不名于後世者也屈曲之性固不堪任梁棟之用使其

置為一器為高人韻士之所賞玩流為口實安知其不朽者更千百年而爾師之名或反藉以俱傳不與凡草木同腐且使予亦得藉手以酬其清蔭焉不更愉快乎上人笑而不答余遂取歸琢為琴案繼自今操阿郍瓌之曲當仍招上人來聽之

巢雲子傳

巢雲子者蓋古石隱者流也居夷惠之閒得仁智之樂於世味泊如也嘗慨羲皇既遠淳風邈矣營營多求祇自取戾而春風沂水自得至樂耕田鑿井如是而已性好梅謂其清踈高潔有君子之德每花時輒結巢雲壑之上或經旬不返人有見者因目之為巢雲子亦喜賦詩卒不離衡門十畝之風與人交不立崖異雖魚鳥皆無嫌猜落落穆穆以終其天年

贊曰若而人者非老氏之玄虛抑又非佛氏之寂滅倘所謂素位而行不慕乎外者耶

書李丐事

丐爾曷以書嘉其不忘恩也其不忘恩奈何里有吴元者小康者也夜有賊穴其垣而入焉丐知之亦循其穴而入達元之寢而振其股曰有賊元亦矍然蹶起大呼曰有賊遂舉刃睨丐丐曰吾非賊元曰爾非賊何為入吾室丐曰賊而吾何為入爾室而振爾股遂相與擊賊賊遁問其故則曰吾固嘗受爾一飯之恩矣耕耨而獲之舂杵而出之釜鬻而熟之以食于吾吾其敢忘報哉丐可謂不忘

息矣翼曰有横尸于道者則丐也其諸為賊之所殺歟以丐故不聞於官不稱于人而余為書其事

梅花高唱序

飛潛動植咸有得於靈機開落榮枯悉有關於真趣就中雅嗜第一芳梅體本貞堅性偏孤潔不爭桃杏之容自挾風霜之氣具調鼎之才而不試抱化龍之質而潛藏如嵩山之高士痼疾烟霞似姑射之神人肌膚冰雪開不入時當冷雨嚴霜之會生猶得地在清泉白石之間若與世而長辭羌無人而獨立松筠之結契方深蜂蝶之尋芳已晚別抱恨于參橫月落莫相疑於鶴怨猿驚雀欺嫩蕊

落更可憐苔綴踈枝老尤奇絶淡泊領春光之首幽芳開風信之先出脩竹而愈妍映叢蘭而增麗相其孤標格由天授挹彼泠艷清畏人知幽情欲寫七絃別恨休吹三弄空傳画裏之妃誰寄隴頭之客標梅之詠見彼詩人落梅之歌傳諸樂府愛蓮愛菊彼各寄其心思一壑一丘我獨耽於夢寐紙窗竹屋燈火青熒野店溪橋人烟寥落曾親巧笑每寄相思憶過鄧尉逢雪月之雙清莫問孤山但水天之一碧林和靖之句子猶香何法曹之風

流頖遡鐵石祇宋廣平之心丹青有丁野堂之手蕭齋冷友詞塲之招隐偏工香草美人騷客之寄愁不及擷其麗辭俱成高唱方諸白雪詎比紅兒

梅谷文藁終

李東萊鐫

耕餘小藁

詩必有真性靈而後有真詩風雲月露所好不存縱極鏤劃工巧雋眼觀之猶膜外耳當湖陸子梅谷結廬胥山之東偏茅檐土室有古田舍風間成吟詠取自怡悅不求人知殆真有得於風雲月露之趣者歟乙亥之夏忽寫菊一枝馳書寄余謬許為曾知白黃公望一流余深愧其意越數日遂孥舟過訪手出一編示余讀其詩恬澹沖和時露奇矯範圍有宋諸家而於放翁石湖面目尤肖蓋田園閒適有同趣焉頗足異者大抵才人當暮年乖

白飽歷世故乃始棲真葆素淡漠寡營若少年矜意氣尚功名睥睨詞場豪宕自喜則有之矣未有年甫弱冠興致冷然若退院僧如梅谷者非佛家所謂夙慧昌克幾此顧余老且病於世味屏除都絕乃逢人說梅谷之詩若人不置豈干饒舌殆有不能已者彌伽居士張庚拜手書

耕餘小藁

平湖陸　烜晦之著

盆中古栢用少陵病栢韻栢為谷堂老僧所貽老僧年九十云其尊宿得之峩嵋山道人道人亦展轉傳玩非手植者殆不下二百餘年老榦拏攫苔蘚蒼碧綴以英石奇錯玲瓏真絶品也

古栢不盈尺歲久亦偃蓋枝柯拳鐵石騰那蛟龍會厥形頎而欹傴僂如再拜吹嘘風雨霾剥蝕苔蘚壞所貴有奇姿立身何必大雪霜幾回侵山河亦已改道人寫黃庭青倚石室外老僧誦華嚴色

净齋鉢内復此共詞人雕搜逞光怪幽窓招古色
於汝定攸賴

題畫

昨從越嶠過吴興山態玲瓏竹翠層一枕卧遊猶
未足朝来寫向剡溪藤

次韵答楊拙齋見贈之作

莫教痛飲酒如川小試龍團手自煎鶯語東風添
畫静梅欺朔雪破春妍狂無可綰腰間綬病不能
鉏郭外田只合溪聲山色裏清香一炷學逃禅

雪夜赴飲歸

多病時時且舉盃陰陽短景鬢毛催酒闌忽聽三更角湖畔相逢十月梅玉屑故侵芒履濕金鈴先報竹扉開妻孥一笑還驚詢疑是山陰訪戴回

次韻答王二酉

忽傳飛札到銀釭竹影蕭疎月滿窗緒語似碁常纍百故人如鴈不成雙新詩一幅琴爭韻巨筆千鈞鼎可扛他日旗亭同對酒高歌誰[illegible]俏鬟腔

春日水村書興

碧石清江似若耶柴門幽仄向溪斜栖鴉幾點水楊柳粉蝭一隻山杏花舊築漁磯思釣月新營炯艇欲浮家生涯擬學天隨子笠澤湖中日課茶

春水初生似潑醅湖邊山色翠成堆荻芽長後河豚上竹笋抽時燕子来詩料應須收拾篋酒情幸不恥空罍鵁鶄鸂鶒渾相識日向沙頭醉一回

山村

溪流紆折谷谽谺別徑通人短彴斜着箇茅廬如破甕梅花多處是吾家

鷄犬桑麻别一天桃源風味故依然泠泠澗水踈籬側恰灌山村二頃田

溪山遶舍任漁樵或棹扁舟或掛瓢路轉叢篁最深處白雲流水自迢迢

古時槐柳傍柴門小住溪灣釣石温最是日斜飛鳥散東村烟起接西村

隙地山根拓一區春菘秋芥各充廚峌蹊僻處無征稅添種園茶僅訓解餘百株

春日出遊

一月攤書不出門今朝風日快晴温放船直到江邊寺騎犢歸来嶺上村細較老農多識字羌殊野衲但留髡還家幸有梅花在脫帽旋呼進酒尊

二月十一日作

浴蠶時節儘蕭閒日把輕絲占釣灣半樹落梅逢社燕一盃清酒屬春山醉侯自贈雲溪裏逋客人傳鶴渚閒淌眼晴和供笑傲渡頭楊柳又堪攀

杪春田家

山鳥頻催浸種鳥聲耕簇中氷繭喜新成農桑勞我

偏多味鷄犬依人似有情猩血林花窺屋角鴨頭
春水繞柴荆一年忙處陂塘暖聽得青蛙紫蚓聲

江村夏日

孤踪久與世相忘學得江村消夏方竹簟追凉憐
楚製葛衣清暑愛唐裝井華水汲魂俱爽蓮子花
開夢亦香碁局酒盃都不事只憑高枕卧滄浪

秋日田園即事

壯志何時跨九州田園不出似歸休数峰青峭長
當户一葉飄零更入秋石鼎自匀文武火糟床看

歷聖賢芻隣翁驚喜還相告穲稏霜前已倍收

對菊

一夕寒飈白露凝籬邊霜蕋爍相仍風流未減陶彭澤品格猶遺范至能睡覺清香留一枕夜来蹤影照孤燈先生不獨梅花癖菊隐從人與亦譍

黃花盛開有客過訪東籬立談頗洽且有明歲重来之訂賦此贈之

東籬老圃列秋英霜氣初酣夕照明我亦繞廊吟木葉客来溪巷欵紫荆片言都不通名姓一笑依

然兩弟兄巽與黃花晉宿諾他年樽酒話平生

秋日登自怡樓

清秋不厭此登臨容樹踈籬燕翠溪邨逕有時孤鳥沒夕陽無限亂蟬吟水流新月沉鈎影木落遥峰露寸岑聊可放懷消一醉豊年景色滿而今

東湖泛舟

如此溪山着阿迦余小字釣灣溪處作生涯綠蓑青笠安身樂燕蝌黃魚入饌誇秋老西風吹木葉桓寒明月照蘆花扁舟不盡江湖興汀鴈無散浪颭

沙

秋夜偶泛釣艇出遊捕吏疑為竊船盤詰倫

至因朗吟二絶

菰蘆溪處少風波一曲江南款乃歌已分忘機若
鷗鳥不知猶被吏人訶

為愛蓴鱸因起思輕舟和雁宿寒烟夜来曾向無
人處偷得秋江月滿船

又戲占一律

五湖淵藪漾扁舟長作逋臣汗漫遊葭葦蒼黄時

伏隐溪山昏黑更冥摟漁蓑有句真難竊風月無邊儘可偷已與三高同一案不容軒冕困羈囚

舟過新市見戍所栽菊頗盛喜而有作

小市人家畫不諱孤舟一路盡桑麻眼前别有昇平象野戍秋深見菊花

彷雲林畫

枯木無枝葉盡删小亭容篠亂流間俛迂若或呼還出一片江南雪後山

舟泊具區醉後作

沙蘆老態作秋意亭皐霽色生晚寒滄波不動遠
山碧明鏡飛出青林端漁父刺船杳然去但有汀
洲数鴈接翅棲前灘歸鴉擇枝猶未安渡頭燈火
明星繁落帆沽酒臨水驛試剪芹虀充蔬盤客子
醉夢江湖寬

吴江道中

蕭颯西風鴈鶩愁行人初返洞庭流半江蘆荻半
江月雪汉中間一葉舟

過竹塢朱公舊里

酒情落魄書充腹解組歸来隐一區猶有伊人宛在想夕陽秋色小長蘆

題畫

霜清木落雁呼羣水色空濛烟景昏記得九龍山下路一鈎残月遠人邨

石硯苦凍須火炙有客言但用橘漿磨墨便不凍也

吾聞端溪石潤燥随陰陽朝来苦含凍研墨如研霜掬管稍濡染已覺猩毛僵腧麋宜亟取勿膠石

質戕乃熾紅爐炭雜以龍涎香山骨令安置如彼雪沃湯一滴清池水雲氣忽迴翔麝烟浮臭觀墨花開春光稍喜氷解凍却愁灰或揚水如渴龍飲汲注無乃忙譬如六月旱猶恐石田荒有客示我法但用酸橘漿揮霍頗軟滑鈎勒蔵鋒鋩暈此鸜鵒碧溪荷洞庭黄以玆禁火術傳諸翰墨場

歲暮詩三首用坡公韵

餽歲

蔬筍餉親隣詎假珍羞佐稱情㸃易足相戒無黷

貨酒脯飲讌資汲也獨取大梁肉終見麾陶潛甘
偃卧如何尚豪奢山海羅四座富人盡庖廚誰問
躬馬磨窮巷風雪中束薪那肯過傲骨豈干人清
詩自研和

別歲

有情天地老無事日月遲遲速委造化暫別不須
追千秋萬萬古歸去浩無涯三百六十日不值一
瞬時臨別花漸破少待春即肥新知亦如故安用
傷與悲雀喧鷄喔喔恍若拙言辭秉燭餞椒槃意

氣寧稍裒

守歲

向晦宜晏息譬彼蟄穴蛇胡為獨僵坐紙帳相周遮今夕復何夕奈此粃盆何意長覺夜短人靜倏復譁拜賀頻比隣直恐祟門楇安得長繩繫不遣銀漢斜陽烏與羲轡為我少蹉跎高歌永此夕勿使兒童誇

踏青仍用次公韵

陽和忽到春山青梅花林外有人行香車錦韉各

幾輩岸草尚短沙泉清燒痕未返萋迷色應倩江
城鷓鴣鳴綵勝斜懸旭日朗紙鳶高颺東風生茶
甘酒熱堪停騎谷暖冰消可濯纓角抵戲場旌旆
影鞦韆庭院笑歌聲美人纖趾留香印俠少歸途
有醉横莫羨踏青喧蜀俗春光何處不熙明

早春張氏十杉亭清集分賦得咸字

選勝欣逢少長咸十杉亭下試春衫池邊芳草青
如潑雪後寒峰翠可鑱高柳陰沉通小市孤鴻滅
没帶飛帆夕陽更送林間笛勾引詩人興不凡

涉園看梅用坡公韵

鹽官城南烏夜邨竹石瀟洒清心䰟老梅百株更奇絶掩映溪谷迷朝昏策策尚聞雪墜瓦盎盎已覺春滿園一冬玉骨苦僵凍蘸醒稍賴東風温蠻烟瘴雨不受逼預期海日開晴暾青天杳冥乘白鶴長揖安期與羨門歸来却與此花侶似契前生無斤言題詩大笑恐唐突踈林落月移殘樽

題畫

亂峰廻抱一峰懸中有潺潺太古泉向晚溪山嵐

氣合人家忽斷樹林前

春日遊棲心寺

歲月人間信有涯偶来蕭寺閱年華一番整整斜
斜雨幾樹踈踈密密花暖徑忽融蝴蝶夢迴廊初
散蜜蜂衙乘春行樂且如此卧聽山厨粥鼓撾

江邨臨眺

問竹尋花不計還江邨臨眺水潺湲無多春色随
人老有意天公許我閒雲影盡邊看白鳥柳陰缺
處見青山蒼波更與斜陽遠數點飛帆杳靄間

索居

索居無侶幺嚣嚣野鶴沙鷗共寂寥心似青山经雨净事如黄葉逐風飄一琴不厭長横膝五斗焉能竟折腰商略平生吾計定半隨耕牧半漁樵

偶書齋中所有

結習年来未埽除数般清供愛吾廬絶憐粉本唐人畫的有臨池晉代書古鼎半從墟墓得奇編全是焚燒餘烟雲過眼終須盡祇覺金屋不易渠居室應師衛子荆供需麤備足平生琴傳雷氏龜

紋裂硯斲端谿鴝眼明旋埽白雲安藥囪亂堆黃葉試茶鐺近緣習靜貪高卧一架藤床取次成

幽居

涉世迂踈百不宜青山白屋獨棲遲著書豈作千秋計耕稼惟須一飽期竹葉酒名自醇便美睡梅花如笯索新詩箇中天趣無人會衹有長空明月知

新製漁舟

新製漁舟一葉寬笭箵罾罶喜麤完仍留隙地安茶具準擬餘生把釣竿鷗鳥波前風月朗蓼花灘

上水雲寒悠然鼓枻狂歌去眼底何曾有熱官

題柴門

冠蓋曾無此地来野猿不用費疑猜蓬蒿深處常雙掩風月佳時始一開載酒客從携榼去探梅人望隔墻回十年閉户成何事慚愧楊雲作草才

書興

身外浮雲得喪輕藥爐經卷稱幽情酒猶不亂心真寐弈并無争氣始平松下掬泉閒美月山頭招鶴偶吹笙夜来一枕遊仙夢已入虚皇白玉京

次韵張蒹葭

歳月奔馳不暫留神仙空羨古浮𠀋水楊何事開青眼山鳥無心亦白頭破屋數間随杷柳殘編一卷自春秋鏡湖勑賜非吾願但乞移封贈醉侯

春霽

幾角春山一抹烟渡頭流水弄潺湲日明茅店青旗上風到汀洲白鷺前吹散江鄉榆莢雨做成寒食杏花天無邊野色濃於酒付與遊人醉管絃

胡朕始見過以詩留别匆匆不及就飲煮茗

蒸餻餉之悵然別去

録别無由薦一巵團霜㩟雪汝何辭試呼童子鴉黄點不遺厨人態白腩袖裏雲箋初把玩渡頭春水又臨岐踏歌宛轉送君去楊柳東風拂靣吹

閒適

寒暑催人鬢易蒼屮生隨分足徜徉食貧自有瓶中粟却疾寧須肘後方遲日看移藤架上落花飛墮硯山傍欣欣是物皆恬適一枕清風鶴夢長

春晚

菜花成莢豆成萁檢點春光又一時矮屋豈堪巢乙鳥小庭依舊發辛夷題詩換酒人爭笑（酒家欲請余題壁余許諾遂舉一壜相贈）破產收書我亦癡（新買書五千卷）郄勝鄰家競筌管一約絲絡不多時（用汪鈍翁語）

新夏野步

四月江鄉路清和亦大都惠風抽孝筍涼蔭庇慈烏野水千鱗蹙青山一髮孤殘鶯猶可聽郵逐立踟躕

碧溪如月樣迴抱兩三家藥壟君臣草籬開姊妹

花板橋驅牯犢茅屋響繅車耕織圖堪繪豳風覺未遐

夏日田家即事

孟夏天氣和農工各已舉禾黍稷稻粱一一赴時序昨夜一犁雨嫩綠潑幾許我本淡泊人陌上聊容與孤村上炊烟落日明遠渚忽聽一聲喧秧歌在何處

題宋旭東湖圖

十年不住古當湖烟態嵐光見此圖記得舊時明

月夜釣船幾度泊菰蘆

烟草三十韻

異種空前古烟自萬歷末馬氏始造名曰淡肉果既而傳至九邊見物理小識巴菰九域覃靈根繁海外移植自漳南姚旅露書呂宋國有草名淡巴菰熏烟氣從管中入喉能令人醉初漳州人自海外携来莆田亦種之反多於呂宋今處處有之不獨閩矣吴普何曾識桐君亦未援譜猶遺李珣唐李珣有南海藥譜二卷狀併闕稽含花鏡形初指陳淏子花鏡云烟花其本似春不老而葉大於菜露書名稍謫邊庭庸或賴蜊菴瑣語烟葉出自閩中邊人寒疾非此不治關外人至以匹馬易烟一觔崇正癸未嘗嚴禁之不久因邊軍病寒無治

遂止黔首總全耽並筏魚鹽逐連塍桑苧參利多抛
稼穡作苦罷原蠶蒔蓺渾同菜沾濡每藉泔圃人每灌以米汁豆泔云烟性所喜
青葱臨夏陌紅艶照秋潭烟花極艶麗有若海棠花鏡云開紫白細花非也
似茗收盈屋如菲采滿籃十分勤
剪剔謂剪去蒂剔去筋一月廢梳簪打綠霤時再俗以採葉為打葉以日中一二時打者良
罨黃計日三凡葉必罨令黃色以三日為期擇其不黃者再罨
曬乾便夾竹恐其卷也其器若兩篩相合取潤合裝甑品記
金絲字浦城来烟品之佳者標曰金絲香聞翠蓋談凡烟草頂上三葉謂之蓋露極青翠香烈俗美其名曰酧仙桃曰賽龍涎曰檐不歸曰胡桝凿曰辣麝曰黑於菀皆是物也

牙行各估值販客動論擔村落仍開市征途偶駐

驂壓牀兮縷縷貯盒競毿毿近日日本國来縷金小盒乃貯烟器也

活火粘絨易斜陽引鏡堪滇銅憐閣罷湘管逮丁

男香祖筆記今世公卿士大夫下逮輿隸婦女無不嗜烟草者怡鵝堂集烟酒不知所自或曰仙草療百疾或曰能枯腸染疫然鶩之如市頃刻不去手閨閣佳麗亦以此為餐香茹栢功盛於茶味逾於酒未有識其故者

麝散還縈篆雲成更結曇枯腸生別

趣饒舌得囬甘味愈清茶洌功殊中酒酣熊人霖地緯粵中有仁草治驗甚多能令人醉故亦名烟酒楊升菴伐山集南方有蘆酒即烟草也果能消

塊壘真箇緩憂悰食物本草凡食烟飢能使飽飽能使飢醒能使醉醉能使醒一

切抑鬱愁悶俱可藉以消遣故亦名忘憂草

辛辣寧須桂調和絶勝苷

苷甘草也見王十朋詩

烈愁潛草蝮

烟管中餘瀝著地蛇蝮不敢近

芳辟蠹衣蟫

乾烟葉置衣書中辟蠹不減芸香也

凍夕蘸寒沍蠻鄉敵瘴嵐久餐防灼肺

花鏡云久服肺焦非患膈即吐紅或吐黃水而殞抑且有病投藥不效

勿藥定驅痰

余奮著梅谷偶筆嘗論烟草其氣芳香辛辣其功當能辟瘟疫驅瘴癘散寒邪開氣化鬱豁痰勝濕久吸肺受焦灼大耗真元令人損壽紅沙糖甜瓜子仁可解其毒烟草前賢考證尚寡故特詳註之

浩刼殘灰滅相思寸燼涵

相思草亦烟名緣人一溺其香便不復能捨故也

返魂如有術

相傳淡巴國有公主死棄之野聞草香忽甦乃共識之即烟草也故亦名返魂香

衆醉不妨貪

崔白林獐圖歌宣和御府故物

北宋寫生妙手誰第一徐熙趙昌易元吉濠梁崔白尤絶人造物在指飛走活銀麞紅樹得此卷意態夷猶但荒遠君從何處識真性笳吹無聲獵騎返想其點筆寫匹練經營慘淡無人見陰風颯颯響踈林天寒谷暝山精覵吾聞白也畫曾作徽宗師後五百年落茅茨瘦金小字猶淋漓想當宣和全盛日此圖什襲誰能披靖康之難吁可嘆金題玉躞亾無遺鼎湖龍馭空沙漠艮嶽荆榛遊鹿麋

白乎白乎汝倘知攸伏應亟靈臺詩

即事

青山只在草堂西一榻琴書信手携好夢覺来時得句沉疴去後頓知醫轉輪花作璇璣象蛻藺蛾呈太極倪便欲東菑布新穀昨宵梅雨已盈犂

謝友人惠菖蒲

九節菹香長撲鼻一叢羽翠欲披庭縱然未淂飛昇力他日相逢眼倍青

雨中

冥冥熟黃梅雨勢殊未已蕭條竹柏聲亂此清谿
水巾鳥潤堪虞茶烟低不起東菑有簦笠空復慚
農子

雜題畫詩七首

寫片秋山帶遠林溪雲汀草共陰沉孤帆更落青
天外一尺江湖萬里心
流泉如玉遶彎環叠嶂前頭萬木間試看夕陽紅
盡處人家占斷好溪山
畫成董巨始堪傳草草河山不值錢自寫自題還

自笑若為雲樹若為烟

湖下漁舟湖上亭數竿修竹繞迴汀水天一色無
窮處添箇青山似洞庭

胷中丘壑鬱龍蟠夢裏江湖萬頃寬惟恐好詩吟
不盡畫圖寫出與君看

細皴不耐學王維點染林泉信手奇添箇小亭幽
壑底四山木葉雨来時

花落空山不記春数家水竹自為隣寫将一幅巢
居趣寄與悠悠世上人

雨後獨坐池上小亭

一雨洗残暑孤亭憩閒敞凉風颯然来草木發清響萬物各自得觸目遂成賞蓮房念将拆鴨雛看漸長遊魚戲清波倒景呈幻象乍依白雲間更出青天上飛鳥度長空乃反落漭瀁高下同一觀茅茨清道想

偶題

無花無酒且題詩野性迂愚不入時賣藥恐教兒女識畫山又被俗人知全家十口同耽隐流水孤

村但樂飢三復伐檀真吾鑒故應簦笠向東菑

新秋病懷

新涼天氣半陰晴便有空堦蟋蟀聲朽竹納風終夕響殘蕉滴雨隔簾清病懷欲似垂頭鶴生計渾同折脚鐺一事秋来堪自慰秫田禾熟酒嘗輕

新秋雨後

蠟屐雙溪任所之涼蟬鼓徹最高枝秋来幾日瀟瀟雨五爪龍花開滿籬

初至苕溪

十年擬學玄真子今日烟波問釣磯我與白鷗有舊約相逢應怪食言肥

短策

短策纔盈骭森森節自堅撥雲尋路杳秉月叩門便躁進終須戒臨危已得全一枝溪荷汝有意向林泉

新秋有客携酒至

一夜林塘暑氣回茅齋瀟洒枕江隈自開竹柵驅鶩出客賣鱸魚換酒来清吹遠隄茭葉動涼雲貼

水藕花開與君飽看青山色且復陶然進一盃

飲楊山子環碧齋醉後作

三分水竹一分屋此地真成環碧齋況有青山巧入户更逢秋月明隋懷脱帽散髮絶塵鞅題詩大笑如優俳醉踏木樨花滿逕不知香露沾芒鞵

秋夜月溪上人招集南屏禪房試蜜釀甚佳殆東坡先生真一酒遺製也

小築精廬樹杪懸遠公蓮社亦開筵酒情濃靨傾真一月色空明照大千葉落烏啼秋後響波光塔

影望中禪湖山如此東坡死又泛錢塘藥玉船

夜坐次蔣揚孫韻

江月初明翔吹輕秋空涼露落無聲坐來丈室增虛白不遣微雲點太清岸葦花溪沙鳥宿井梧葉脫草蛩鳴高懷莫問離憂賦一曲滄浪萬里情

籬菊始花顧竹窓劉春浮見過劉有詩次韻

吾生百無好冷艷頗嗜菊碧葉間金莖孤標陋凡馥白帝賜芳姿青女與櫛沐秀色掩茱萸迴眸映楚竹雖非紫桑人風味乃可掬堅坐進壺觴青山

照醽醁忽聞同懷子扣户喧剥啄一笺攬衣裳招
邀進殘麯傳聞菊花潭老壽亦可祝便合當盤餐
落英果汝腹世眼不識真薏苡混一族冷笺范至
能譜牒記繁縟誰為勃遜之真賞垂青目此意君
默省欲言我已縮新月破嬋娟石泉響琹筑滿庭
涼露初就我山齋宿

十月頗暖

故疑青女不成歸十月天公試裌衣到底春風誰
挽得蘆花强作柳花飛

秋盡書興

紫蝌黃雞發興新青松短壑自由身不營仕籍緣多病薄有田園未筭貧秋正老時詩債重酒當醉後睡魔神日斜一覺遊仙夢獵獵霜風響綠筠

遣懷

世宙紛紜比散絲幾曾隻手可能治十分愛我無如酒萬事輸人不但棊節杖意行山色裏蒲團趺坐月明時宗門妙諦依然會欲起維摩一問之

丹砂豈解駐童顏短髮蕭蕭日就斑顧我有生皆

是幻誰人未死肯偷閒霜餘落木仍歸土霽後浮雲各向山真箇百年如晝亱天親無着欲追攀

大寒阻風當湖就飲農家

嚴冷應須酒破除扣門一問野人廬浮杯已喜開春甕下箸猶能佐晚蔬稍覺肌膚和暖後全忘風浪險巇餘兒童柏手還相指梅谷先生便是渠

夜對東湖

烟波明月自清奇夜對東湖合有詩黃葉自飛昏亞障青山倒影白玻璃聽来玉笛聲偏好添箇漁

舟可得宜最愛戲珠亭上望滿身凉露立多時

至日次盛眉峰韻

江梅似欲漏春光故遣山禽軟語商積雪沍寒猶萬里不知井底有微陽

令節應知閉蟄便不教殘雪點青氊賊風猶恐侵肌髓醉擁孤衾白晝眠素問以冬至日南風為賊風犯之則民多死

次答胡朕始冬日見寄

水木清華丈室明坐看簷溜滴前楹飢烏啄雪吞氊意朽竹當風裂帛鼓乘熱應傾三白酒破寒須

薦五辛羨先生不出緣何事笑指青山有夙盟

幽居

小闢山齋絶市塵忘懷應是葛天民已招松竹成三友笑指梅花作比隣峰嶝林巒都入夢禽魚鳥獸自相親晚来一醉酴醾酒高卧柴門月色新

冬日感興

西風蕭颯撼庭柯人物闌珊短景過故友漸如黄葉少新詩亦似白雲多擬將仙藥消書癖安得靈巫禳睡魔貧病侵凌惟中酒梅花欲破奈愁何

遊禪枝菴

曲曲禅房短短籬小池流水弄淪漪一星香逗江梅樹數尾紅垂天竺枝座上擬聞新説法壁間閑覓舊題詩蒲團經卷空蕭瑟不見山僧野鶴姿（謂谷堂上人）

養痾

養痾山林畏入城怠機不是愛逃名門臨流水心常遠屋有梅花夢亦清夜甕初開和月飲春蔬旋摘帶霜烹不知氷雪為身世家近江南楓樹涇

山居大雪

冷雲幾日結重陰山色低迷暮景沉樵徑雪深留虎跡虬松風急作龍吟編茅屋恐連墻動洗甑粢憑破衲燖凍餒餘生幽興在不妨高枕漫鳴琴

冬夜偶書

高風豈敢慕前賢懶性從來與靜便一笠一瓢一尊酒半村半郭半神仙詩成紙帳殘燈裏夢逐梅花淺水邊一夜奇寒知雪甚明朝應上剡溪船

張氏園小飲

主客情多笑語温題詩隨意倒芳樽太湖石畔紅梅樹瘦入東風月一痕

養拙齋觀瓶梅

養拙齋中月直時冷香也復動茅茨故園忽憶千株雪却看南枝是折枝

三泖歸舟

輕舟兀兀乗潮回荻港風微不湍桅水落裂冰如裂石春来飛雪似飛梅汊中清響傳漁邃篷底餘寒近酒盃九點青山空在眼川途直恐鬢毛催

泊洳濵

四圍残雪照船明烟水空濛隴樹平鷗鳥何心依
釣渚人家終日閉紫荆客中舟檝衝氷渡霽後原
田破凍耕細酌濁醪看夕景一川蒼葭月初生

次韵林屋山人早春見寄

屋頭山鳥喚傳盃林下和風茁草萊日黃襖中催
雪盡柳青眼裏放春回若為卧病猶耽酒不擬相
思更折梅七十二峰新霽後因君高詠望崔嵬

早春同人分和月泉吟社田園雜興詩烜得

馮来青劉濩谿韻二首

韶華初著土牛鞭已換春衣未卸綿送煖輕風挑菜鬬弄晴微雨養花天試携弱柳新鑚火快煮堅氷鮮凍泉不覺燒痕芳草緑山村同聽一聲鵑

冷烟凍雪倩誰妝春到柴門事事幽曉日忽聽江燕語清波閒看野鳧遊破除渴睡茶為藥禁勒餘寒酒當裘報道負氷魚陟上釣竿還欲拂汀洲

次韻陳燭門早春積雨

鶻鳩啼雨故纖纖匝地濃雲欲覆簷不覺燒痕青

乍返却看新漲緑蘋添行人赤脚偏符誇少女微
風已應占潢潦浹旬春事淺梅花猶鬥曉寒嚴

雨中春遊近處

路滑須憑竹杖扶石磯西畔眺平蕪雨中碧草濃
於染烟外青山淡欲無野犢漫隨人伏軛山禽猶
勸我提壺百錢爲寄趁墟叟紅杏村邊酒可沽

次韻厲樊榭春雨齋居遣興

屋上春鳩相喚聲齋居心跡喜雙清乍看時雨排
簷滴便有原田荷插情野渡近安漁艇穩小園新

茸竹籬成煮茶燒筍生涯畢此樂年来不可名

次和郚茶星春日丁字韵詩八首

舊日相逢眼倍青一樽談笑倚閒庭詩成覆水傾三峽筆落驚人鑿五丁春興闌珊如敗奕故交零謝似殘星等閒光景都非昔手植梅花漸有形

閒隨呼吸有樵青罷釣歸来月一庭蔚葉成家鷰抱子魚苗增俸鶴添丁自緣多病癯山澤莫遣高名比歲星覓得五湖新活計烟蓑雨笠共忘形

雨絲絲裏麥青青臢有飛花到小庭屋角接泉呼

竈婢籬邊分菊課園丁生涯真似鴻泥爪急景還
同石火星除却焚香賦詩外野人無事可勞形
憑誰妙筆寫丹青柳蔭柴門花繞庭短屋臨溪波
瀲灧小橋通竹石零丁生前且醉賢人酒死去寧
邀處士星老我一身長泛泛山齋也學舫船形
賸有蓬蒿滿逕青未容車馬款門庭山僧誦其從
推甲牧豎迎人不識丁枉被客勾禪喜社忽疑身
是酒旗星何時得假長風便一眺天邊五岳形
功業空慚汗簡青長年習靜隱虛庭香蔬入饌誇

甘甲佳茗題籤記苦丁故故開函書豈蠹時時引
鏡鬢防星名成不朽原無術況問松根鳥獸形
何日閒支竹杖青逍遥石室與金庭夢中閱歷皆
丹嶂世外交遊盡白丁冷熱隣翁諳藥草陰晴村
女驗箕星為牛為馬從人喚物我年来兩不形
門外山光如此青翻翻紅鸛噪中庭春流遶樹多
天棘藥園開花半地丁勝日何時同酒琖故人新
自署茶星無端詩格相研和笑比淵明影贈形

天寧寺山茶用楊誠齋韻

勁節芳姿倚小岑一株奇絶自成林亦知飽歷氷霜後也有逢迎雨露心赤玉丹砂偏弄色遊蜂浪蝶莫相侵談空縱使花如雨未必平臺爾許深

題王孟端夏居對奕小幀

幽窓文石列棐几坐隐蕭然有二子新篁数个勢凌雲老樹一枝低拂水歷刼互變幻一懼一色喜樵柯爛盡吾不辭但欲相從壺中住

王紱明松泉野趣卷

山蒼蒼雲茫茫高人衡宇遥相望浮嵐輭翠杳何

處肩輿欲度松千章兩崖絕壁懸飛梁振衣四顧心傍徨不知秋空猿鶴響但聽泉敲松籟合沓交笙簧此中之人樂且康老死不踏官吏堂嗚呼松泉野趣長

春齋玩園中草木

小雨初晴事事佳園林百卉吐芳華才踈合拜文章草字拙空慚木筆花犢角侵泥剝嫩筍雀牙和露摘新茶野情也似癡蝴蝶夢逐東風接翅斜

春行

未到花間意已迷小池南畔畫橋西数家茅屋垂楊合一路春山杜宇啼野店開時迎細雨鈿車歸去碾香泥日斜風定遊人散隐隐孤城畫角低

西湖雨霽春泛

小雨初晴漾釣查烟鬟臈有白雲遮十分濃抹看西子一片模糊愛米家新柳揺春猶自泣残虹飲水不成霞却憐越女羅裙濕碧石磯頭學浣紗

暮春閒居

年華知轉不知休竹几筵牀學靜修卧看青蟲閒

化蝶似聞白蟻鬥如牛飛花零亂将空樹嫩茗甘
香已滿甌日月自長人代促聊憑一枕散千憂

戲寫春山

欲畫春山當寫真毋将貌取但傳神烟鬟雨髻青
螺黛一一丰姿似美人

携李道中用東坡新城道中韵

馬蹄軟滑快春行喜聽豐年愉樂聲楊柳溪邨祈
穀鼓杏花斜日賣餳鉦秧初一把連筒緩蠶已三
眠小巷清準擬携来桑落酒千金圩上看新耕

燕文貴秋山蕭寺圖用東坡郭熙秋山韻

燕家景致清而閒況復明淨描秋山妙趣曲折思綿邈快哉坐我瀟湘間江平無波蕭寺遠添巫漁舟渡頭晚幽泉三疊冪青松冷鴈數聲橫絕巘高秋九月天雨霜千林葉脫迎新陽更遣涼風掃塵翳可與此圖爭清光寶跡流傳萬千日墨瀋猶然入絲髮想當經營下筆時五日一水十日石

題畫菊贈張浦山

平生頗愛東籬色未向傍人贈一枝今日五湖烟

水裏為君特筆寫幽姿

余胥山東鄙〻農夫也課晴問雨力田坐歲呈其職耳敎筆札耽吟詠豈非越畔乎然性情所發不能無言〻不求工取自怡悅亦復傳誦同志仔相與為接學〻嘗記上自耘耔粗了偕二三友人納涼豆花棚底談詩懽謔竟夕不寐明日倦不能車水苗竟槁死又嘗以一友販牛還閩越才山水奇勝去四百里往遊歸時蠶眠期已過麥

子孫後其手示良渡鄙陋性倔硬雖自之誤也曰忘天下事皆職且其居出其位者之遠是以自取病豈獨農夫手哉遂書之以爲後戒皆乾隆乙亥秋三日梅谷自識

秦尚遺稿

梅谷續藁卷上

平湖陸　烜子章著

詩七十二首

雜詩六首

秋林葉盡脫山水興方滋仰觀鴻淡佇憩石聊支頤白雲亦何心舒卷隨風移行行向空盡滄波月上時

萬花紅照眼綠竹獨清鶴外雖持直節中心空自好日暮倚踈林可以送懷抱

同為膠氷舟一舟急行路舉篙擊層冰篙折汗如雨朝陽不曾生有力亦空努一舟忍須臾夷猶下前浦

西庭一株棘棘刺觸我首東階百尺桐清蔭覆我牖當其初種時不過一轉手樹德與樹怨君子慎其偶

疊石成小山山勢極嶙峋奇詭豕人立盤礴牛鬼蹲我行南山下頑石卧荆榛攬之有幽意假當不如真

空山有鳴泉淒〻流不已靈動無停機智者樂如是雖然入江湖終憐近泥滓其傍淺石間復有湛然水澄明鑑萬象日月皆在底奔流日趍下毋寧為坎止

新霽郊逕獨步

杖策隨所適東阡復西陌亭皐三日雨春泥半牛跕不知溝水深却戀青山色古柳覆長堤漁家曬罾夕儵魚尾羙〻花鴨翅拍〻相逢趁墟人各返炊煙宅飄然遠去帆暢矣獨往客拾菌已滿衣弄

泉猶憩石即事多所欣毋為拘形役

秋夜讀齊民要術作二首

木葉秋風生微寒襲毛骨既適踈野興行念歲超忽靜聽草際蟲坐移竹間月白露被良苗清香夜深發世事百不能吾讀齊民術

萬物各有性貴不違天和繭絲以急政民無擊壤歌揠苗而助長豈復有生禾齊之以不齊物候乃婆娑養樹如養人吾聞諸橐駝茲理庶可信學稼恐蹉跎

山居偶詠

山人愛山水瓢笠不離山步隨碧溪轉暮與白雲還漁樵自多味日月何其閒坐待寥天鶴松門且漫關

秋江晚眺

古渡秋風落葉深杖藜終日看雲心夕陽江上荒寒景一線飛鴻掛遠林

放舟

鷗性誰能尺水馴逍遥不擬避秦人一舩書画一

竿釣明月清江何處濵

圓泖夜泊

返照入蘆花暝投炯際宿一雁叫殘秋三江多落木心識鱸魚香夢尋崑山曲蒼〻松橡林下有機雲躅明朝乘潮去竟渡華亭谷

曉發三泖口

輕舟趂風水豁達三泖口微聞古寺鐘尚掛遥村斗竹箭流何駃青山低向後須臾海日紅蒼茫辨林藪入雲沙鳥飛吹浪江豚走一日兩回潮升沉

理宜剖九峯何處所欲問持竿叟

登佘山

碧石間檀欒茲山一何曠道人養道處古洞留青嶂欒花多淺叢白鶴響圓吭空翠衆峰来悠然足長望

自佘山至細林山作

山色多照水深溪無潛鱗杳然孤舟去如入桃花津居民八九家竹樹成比隣築場方納稼風俗敦而醇賣酒蔭柳店裏塩趁墟人橋廻增野眺石勢

忽嶙峋郄望細林峯遥〻横白雲一徑尋古殿寂
歴穿松筠踈鐘落幽壑木葉悽蕭晨言登點易臺
曠朗怡心神遂造友仙亭〻荒迹已湮轉思巣棲
者天子不得臣何當留十日髙枕挹清塵夜卧巖
上月朝采澄江尊

夕次平原村

霞色落殘照孤舟纜初解暮入平原郄棲禽亦驚
駭田家早穫歸漁子晩炊罷夾溪芙蓉明沙行時
見蟹燈從野衲求酒向吴姫買獨酌看機山〻青

月空掛

遊小横山

九峰歷奇秀愛此陰崖石疊翠使徑迷蒼苔絶行迹窈然清溪深忽與人世隔流水潺遥岑釣船時一隻不知秋月明坐看僧歸夕襆雲尋鹿踪披草相泉脉願言攜樵客共結青山宅

武原夜泊

小邑塩官第幾程蒂花如雪映江明孤舟泊近青山寺一夕風鈴塔上聲

天寧寺山茶歌

蕭寺山茶極奇古蟠根疊石如無土陰房慘慘愁鬼神翠蓋亭亭吼風雨愛爾歲寒能作花不與桃杏爭夭斜赤玉丹砂鬥飛雪道人高卧離言說解識空明不染心雨花應共春風滅

涉園遊眺即贈主人

入門三徑寒竹樹鬱蒙密馴犬不知驚棲禽宛相暱石氣肅清秋松陰遲白日步隨綠溪轉忽緣古洞出絕頂眺平林奇峗趣非一木落見烏巢霜明

耀丹橘連山空翠来積靄片帆失俯窺曲水源更達幽人室庭户無雜喧與言亦飄逸桂開掐隱花鶴授養生術便欲洗煩囂從君采芝术

秦駐山謁始皇祠

飛泉鳴如筑虬松偃如盖中有始皇祠乃附覺王界鞭策驅黔首暴秦足為戒雜沓優巫閙不能随俗拜欲尋李斯碑消沉跡已晦冥冥東逝波海色浮蒼靄徐市誠荒唐三山復何在

入澉浦渡野鴨嶺因窮南北湖之勝

偃帆入沙浦松風響颸飀巖谷夜来雨新添春澗流側過釣魚石山色當船頭竹檣近邨菤桑女臨綺疇因詢向山路為言緣源求仰面看飛瀑振衣躡層邛遂上野鴨嶺煙翠開雙眸滄海渺一粟大地絕四周剛風削衣袂清泠難久留直下眺平湖湖波碧悠ゝ鳥啼花欲落沙軟草新抽擬之西子湖蕭寂固當優長堤貫山趾欲濟無輕舟崢嶸隨目轉明麗與心謀流連不覺暮黯然夕陽収會待荷花發重來鏡裏遊

橫山是唐碩況故居

東溪澹流水幽人結廬處賦詩寄遼鶴蕭然脫塵務其人骨已朽茲山尚名碩（土人只呼為碩山）我来訪遺躅桑疇雨初注餘潤濕衣襟苔色隨古步一徑入深竹掩映紅桃樹花開非舊春犬吠尚如故更詠劉郎詩低徊不能去（犬吠百花中唐劉長卿過橫山碩山人草堂句也）

秦溝

夾岸荻飀飀行人溝水頭渚田多藝芡風笛不驚鷗遠樹青鬟出孤村碧玉流夕陽江上景閒殺釣

魚舟

冬日遊道場山題華光殿壁

名山尋勝侶殘臘尚幽深霜色留丹橋天光倒碧潭入林松鼠靜敲火石泉甘不是依禪寂煙霞性所耽

早春入四安山

邐回踏亂葉曲折上林邱野徑梅花放山田雪水流夕陽明戴笠谷鳥助清謳擬踐雞豚社春風負未遊

吴門送别

又向東風折柳枝掛帆應過小姑祠相思獨聽蓬窓雨破楚門西二月時

宿吴江寄族兄偉蒼

芙蓉江上秋燈火照寒流蟹斷隣漁屋鷗波住客舟暝烟旋作雨扣榜不成謳欲問南来雁曾過庚信樓

隱居

隱居峰泖外自息野人機有欲觀玄竅無心問是

非青山撊風坐明月荷鋤歸向晚松聲靜孤琴試
一揮五六集古句

春江獨釣

家住蔞蒿邨蕭然四壁存白鷗似相識日日到柴
門楊柳晚煙淨桃花春水溫一竿不設餌茲意與
誰論

懷馬久亭客楚

後會復何時茫茫空爾思問春過穀雨計日到松
滋芳草愁邊歇孤帆江上遲聽猿三峽夜應有憶

吾詩

暮春田家

孤邨十畆間桑者自閑閑新緑誰家樹遥青何處山鵓鳩呼雨止楊柳帶春還報道餳香近兒童亦破顔

陋園三詠

梅谷

春氣入江梅花開滿空谷雪盡月復明可以對幽獨

春草池

莎草猶自短，已綠一川漲。不知春水生，但覺儵魚上。

聽雨軒

本爲林泉客，暫作林泉主。欹枕夢回時，一片梧桐雨。

溪橋與陳夢鷗別處

沙雁落迴汀，一片蘆花雪。惆悵渡溪橋，曾與幽人別。

寄宋竹雅

君棲一壑海門山余亦迢迢峯泖間兩地相思不相見暮雲明月雁飛還

小園偶題

小園長日靜無譁一炷清香一盞茶遺却人間多少事春来依舊詠梅花

玩流泉作

清沙白石水潺潺流到茅堂第幾灣生怕出山泉水濁不隨紅葉向人間

歲暮絕句

三冬無事是真閒竹逕茅齋鎮日關坐爇龍涎點周易不知風雪滿空山

除夕

破窗風雨夜一歲又將除白屋非高隱青燈照索居眷言念林壑所樂在琴書八口仍須給終年且荷鋤

春日梅谷遊賞作

山中氣候佳懽遊亦已屢靜聽鳥聲喧暫此林下

住巖谷耀春陽前砌尚微雨冥冥竹外帆更入遥
空去世事多紛紜道心自充裕杖履隨所適何必
瀟勝具梅花落吾襟悠然得天趣

空齋琴興

拂拭龜貝錦開我蛇腹琴空齋山水靜幽蘭奏清
音逸響入天籟微風松橡林棲鶴中夜起明月片
時陰聊寓仁智樂一舒無悶心

夏日偶詠

樂道頗有年得失忘欣戚已絶外物纏日對青山

色朝来點易處空齋一何閒巢燕却依人呢喃伴
枯寂新笋看成林紅蓮旋破韵心識東樂閒悠然
念王績

入秋十日暑氣未散朝来一雨便如深秋慨
然有作

昏旦變氣候昨日不同今溽暑忽已散涼意挹幽
襟山風吹白雲亭閣生秋陰不知殘蟬歇微雨灑
空林清詩如蟋蟀日夕只孤吟况此歲將晏慨然
憂思深讀書未聞道躬耕力不任霜雪蔽兩鬢行

當便見侵非藉盈樽酒奈此空城砧

秋夜與蕭遂初飲

新涼當此夕畢景恣懽謔風微歇荷氣露重警孤鶴濁酒不復温渏歌閒能作吾醉欲眠矣君其盡餘酌

早過潘快雪隐居

行近祡門不敢敲西山朝爽到衡茅高人未必猶高卧一縷茶烟出柳梢

寒夜懐友

玉笛吹殘隴水清草堂深夜北風驚故人遠在寒
山外獨撫梅花看月明

山林有妙趣

山林有妙趣靜者獨知之道心逐麋鹿結屋臨清
漪前山夕景收孤雲去遲遲一尊茅齋月頗與樵
父持憩石秋泉響攬衣松風吹不知河漢轉惟見
露華滋此意終無極長歌懷紫芝

寒夜與葉諫

明月一以鑒雲壑相新鮮孤鶴水際宿梅花雪餘

妍虛堂爇松火寒夜煮山泉留客賞清景聽雞猶未眠

十二月廿六夜起偶作

夜寒山更静纖月臨前楹不知殘雪積忽訝梅花明西邨人起行已有嗚嗚聲月出彭墟市日出歸巖耕

雜題畫詩十九首

煙柳春初霽夕陽山更青晚船争渡急漁艇獨閒停草色湖光外乾坤何處亭

一樹兩樹丹千峰萬峰碧天水倒空青中有幽人
宅
蕭然葉脫木冷然水赴谷樵徑不逢人空山秋氣
肅
數峰聊彷郭熙山山外禪宮杳靄間林木蕭疎流
水遠午樵煙裏一僧還
遠人無目樹無根山入寒雲一半昏却望泉流崖
斷處數家殘雪自成邨
疎籬茅屋野人家江上清秋對晚霞且向世途三

緘口無聲詩裏作生涯
青山隱隱樹層層隔岸人家喚欲譍流水無聲飛
鳥絕都將秋色上漁罾
一夜西風一夜霜碧天秋雁有新行江南是處堪
圖畫楓葉微丹稻半黃
苕溪霅溪山水好江北江南總不如便欲買舟西
塞去白鷗多處卜幽居
青林紅樹望難窮水複山重到處通行盡江南三
百里画舩一路稻香中

背山臨水合幽棲茅屋炊煙共一溪便擬深林同
結社大姚村北洞庭西
蓼花秋水上漁竿鏡樣清波不起瀾一片青山平
似掌蜀門空嘆路行難
汲得山泉水一盂硯池新浴滑如酥黃雲未割秋
林老寫片江南紫翠圖
茅屋人家倚翠屏炊烟相接樹頭青枳花籬外鷗
波闊一葉扁舟入杳冥
秋山雨過添梳洗千百姬姜列翠鬟一片碧波平

似鏡鏡中各自鬥容顏

江梅開後雪漫山深夜幽扉鎮不關小犬隔花吠如豹松林明月照人還

水驛山邨接暝烟夕陽紅落鏡中天客帆去盡鷗飛散只有漁人枕甕眠

儂家曾住九峰間三泖烟波盡日看邨舍遥遥人寂寐葭蒼露白不知寒

我羨漁家百不憂泊船沽酒近沙洲茂林一夜秋如染霜色先紅楓樹頭

憑高

憑高獨立萬山間盡見山南山北山黃葉村村人渺渺夕陽粉本憶荆關

梅谷續藁卷上終

梅谷續藁卷中

經義一十六首

牝馬地類行地旡疆柔順利貞君子攸行

君子下民之望則為天道君子順天而行則為地道故若為乾亦為坤馬天類亦地類也葢地道本寧靜苟惟知守吾寧靜而無健之德若馬之行地旡疆則死土不能生物故清靜不可為治也然欲有為苟逆天而行剛强自用不順萬物之性則亦不能成萬物矣故必如牝馬之行地無疆而仍不

失其柔順乃利貞也君子承天地以治人地亦順天而況君子乎故柔順之道君子攸行也後世人君高言端拱而百度廢弛是知柔順而不知馬之行地无疆者也其好大喜功而勞民動衆是知馬之行地无疆而不知牝馬之仍不失其柔順者也惟禹之行水行其所無事堯舜之治歷明時宅揆典禮其皆順萬物之性而歸於無爲斯則體天之健行而仍不失地之柔順者也地順天而時行君亦順天而時行故君之道於地道爲近故清静者

多治叢脞者多亂故與其剛強寧柔順也自後世以君道專屬之天而陽剛自用者多矣此易之所以貴神而明之也

屯剛柔始交而難生動乎險中大亨貞雷雨之動滿盈天造草昧宜建侯而不寧

君剛臣柔衆建諸侯而有朝覲會同則剛柔始交矣其卒也交惡交質甚有興師而問鼎者難之所由生也夫以土地與人而資之以甲兵此險道也惟先王開誠布公動乎險中不以不肖待人其道

本大通而至正也然雷雨之動必至於滿盈列侯之強盛亦必至於滿盈此勢也勢聖人無如之何也故天造草昧非一人所能治固宜衆建諸侯而使之各君其國然流失敗壞并吞蠶食天下自此多故而不寧矣嗚呼易之道廣矣大矣遠矣七國之禍聖人其有以前知之矣或曰如子言柳子謂封建非聖人意也勢也其信然耶曰非也夫子固曰大亨貞也大者公而无私也亨者通而可行也貞者正而可守也曰然則其流失敗壞之爭城爭

地伏尸流血則奈何曰此非一朝一夕之故其所由来者漸矣君子思患豫防可也臣弑其君子弑其父者有矣聖人將不令有臣子乎曰然則聖人於今日必封建乎曰非也夫子固曰天造草昧宜建侯也若後世事事精備雖郡縣猶可也此易之所以貴乎時也或曰吾乃今而知易道之大也

九五訟元吉象曰訟元吉以中正也

凡争曲直辨是非皆訟象也天下有是即有非有直即有曲争其所曲乃存一直辨其所非乃存一

是夫訟者所以明是非平曲直而歸於中正者也故元吉也惟人或挾其一偏之見而不得其中或逞其一己之私而不得其正而聽者又上下其手喜怒其心將以是為非以非為是以直為曲以曲為直惡在其為真是惡在其為真非惡在其為真直惡在其為真曲惡在其能是是非非曲曲直直也為訟與聽者之皆不得其中正者也嗚呼訟之象始多凶而少吉矣若如九五之一出於中正則如御史之執法不阿大臣之繩愆糾繆國家庸有

賴於此人孟子之好辯能言距楊墨者聖人之徒也吾儒亦有賴於此人即以之獲咎君子不避況訟元吉也今之訟者反而自思其誰為不挾一偏之見逞一己之私者哉訟則終凶謂君休矣

九二包荒用馮河不遐遺朋亡得尚於中行

象曰包荒得尚於中行以光大也

天地之道含弘光大王者體天地之心處其厚勿處其薄處其寬勿處其刻包荒者仁育萬物也然而遇大惡仍必為雷霆之擊用馮河者義正萬民

也不遐遺者小善不棄也朋亡者大公無私也合四者而後為得中行之道也然義過或流於刑法仁過則無獘故夫子象辭獨以包荒為言欲王者體天地交泰生物之心也

一陰一陽之謂道繼之者善也成之者性也仁者見之謂之仁知者見之謂之知百姓日用而不知故君子之道鮮矣

陰陽交而後萬物生生之道皆善死之道皆惡天地以生物為心故繼之者善人得天地生物之心

以為心故人性皆善也夫人性之善以其有仁義
禮智信也仁者見之謂之仁而知其善智者見之
謂之智而知其善若百姓不自知其性之善者也
然而日用之間道途之口旁觀之情其臧否人物
而議論人之是非者皆此好善而惡不善之公心
也故人性皆善也君子與百姓同具此至善之性
故君子之道亦惟是百姓之所與知與能者繼此
而已成此而已率此而已非繁難也甚易簡也故
曰鮮也易皆言自然之道與自然之君子故存性

即易簡之理易簡而天下之理得矣然性之偽有情率之雖聖人有不能盡故君子有盡性之功焉

易有大極是生兩儀

太極猶言一畫也兩儀猶言二畫也道始於一一又加一即為二而兩儀立陰陽之生也間不容髪故太極者兩儀中陽之先動者也若謂兩儀之先別有一太極則二之先已有一其象為三而非兩矣是岐陰陽而悖大道之原也故周子之說吾不敢從乾始於一一即太極也河圖洛書始於○○

即太極也一者萬數之始數之始亦即理之始一之先無再有一之數亦無再有一之理一之先再有一則為二二之先再有一即為三皆非一也皆非太極也一而必欲破之則為半各半則仍為二故一而二二而一奇耦之象立故易有太極也若謂太極之先又有一道則道者陰陽而已矣无以名之强名曰道道即兩儀也兩儀一太極也故子曰太極曰兩儀不曰道也兩儀是乾坤而非即乾坤也是天地而非即天地也只是陰陽之道有一

即有二頃刻並生者耳雖二畫並畫並畫之中究有先後先畫之一畫即太極也

因而重之爻在其中矣

或曰聖人既重八卦而為六十四曷不再重而為四千九十六且極於京兆之數以盡其變而乃止於此聖人有不暇歟抑示其大凡而有待於後人之推測歟曰非也聖人人類也聖人作易以為人用也人之可用者則止此六十四卦三百八十四爻也何以知之以聲音之道知之也今夫聲自雷

霆而龍吟虎嘯以至於人聲自人聲而鳥啼蟬噪以至於蚊蚋自黃鐘而衍之莫知其紀極矣然而人耳之可聽口之可歌管之可吹琴瑟之可彈則惟有六十律耳故知易之人之可用者唯此六十四卦三百八十四爻耳過此以往則為木火土石灰沙烟塵萬類之性聖人無取爾也螻蟻之鬥亦有聲也誰聽之而誰效之耶

人心惟危道心惟微惟精惟一允執厥中

惟皇上帝降衷於下民若有恒性此道心也生於

仁義禮智信者也惟天生民有欲無主乃亂此人心也生於飲食男女者也故道心生於博施濟衆人心生於自私自利自私自利之心勝則博施濟衆之念緩此人心危而道心微也若喜怒哀樂之未發純然此好善而惡不善之公心吾性若有一定之權衡爲而不踰尺寸者也聖人與億兆萬人同爲者也所謂中也惟事物之来不以天下之喜怒哀樂爲喜怒哀樂而自行其喜怒哀樂斯動皆不得其當而不中矣故必見道之精擬議以成其

變化守道之一範圍天地之化而不過而後中可允執也古聖人爲民圖治皆出於天下之公心故雖因革損益若出於大權而仍不失爲大中後世爲保邦立政皆出於一已之私欲故或矯枉過正或好大喜功或依違畏葸或求治太急是皆不得其中匪特此也前儒之論經濟治功往往非矯即隨求其立言之得其中者尚寡嗚呼中之爲道難言矣

可愛非君可畏非民

三代以下民皆懾於君之威使民以君為可愛宜乎其為君矣然保無有違道以干百姓之譽者乎則可愛非君也必也蕩蕩乎民無能名而曰帝力何有於我而後全乎其為君矣三代以下君皆肆於民之上使君以民為可畏宜乎有其民矣然豈非風動未至而黎民未盡於變乎則可畏非民也必也民皆不識不知順帝之則而皞皞如也而後全乎其為民矣於是天下為一家中國為一人君為元首臣為股肱而民則皆骨肉一體休戚相關

后不知有民民不知有后而又何愛畏之有殷周如徯予后后来其蘓化行江漢而詠歌文王之德猶是可愛之君萬方有罪在予一人文王視民如傷猶是可畏之民則所遺之時運不同而湯文之德終亦不能如堯舜之至也嗚呼唐虞弗可及也已矣

無逸

人君貴為天子富有天下所難得者壽耳故後世善頌善禱皆呼萬歲而人主祈年永享往往慕神

仙耽靜攝而荒政事者多矣故周公戒王無逸而即計及於享年脩短歷舉前王之勤而得壽者以為言以為在此不在彼也然則怠惰苟安乃取死之道吾儕小人各宜省諸

顧命康王之誥

嗣立之際典禮之大者顧命康王之誥兩篇成王正其終康王正其始通經達權仁至義盡誠非淺儒所能測識也聖人作事只求其理之是而已至於典章之禮抑其末也聖人錄書只求足以垂教

而已高宗亮陰三年不言既不可為後世訓則康王非得其中者歟後世於大行嗣立之際使皆如成王朝百官而屬以元子使天下共聞使皆如康王必待虎賁之迎而後入既立而即出現羣臣使萬民共覩又何有大則干戈禍起小則猜嫌口實哉

南陔白華華黍由庚崇丘由儀

南陔白華華黍由庚崇丘由儀此六詩序皆云有其義而亡其辭有其義者不可不有其義也亡其

辭者本無其辭也何以言之南陔孝子相戒以養
也有不獨親其親之象白華孝子之絜白也有力
惡其不出於己之象華黍時和歲豐宜黍稷也有
貨惡其棄地之象由庚萬物得由其道也崇丘萬
物得極其高大也由儀萬物之生各得其宜也若
是則天地位萬物育百獸率舞四靈效順其餘鳥
獸之卵胎皆可俯而窺也豈非大同之世乎而成
周之德未及於此也故無其辭然明明德新民之
止於至善必極乎此也故聖人錄詩不可不有其

義嗚呼修巳以安百姓堯舜其猶病諸而夫子與於蜡忽發大道之行一嘆謂武盡美矣未盡善也皆此志也悠悠千古其孰知聖心者哉或曰此非禮所謂笙詩乎曷云本無其辭也曰謂之笙詩則益以見本無其辭也夫其他不曰此管詩此簫詩此琴詩此瑟詩也武周亦知治功之必極於此故存其義於笙用之於鄉飲酒燕禮者盖取天下為公猶孔子與蜡而嘆之意也然又不敢亡而為有以修大功德故闕其辭而聿觀厥後此聖人之志

也故南陔之辭若曰維木一本枝榦乃分雨露之養各歸其根白華之辭若曰仁者之粟始以獻親非義而養不如食貧華黍之辭若曰黍稷同器耕耘同類彼亦不盈此亦不匱由庚之辭若曰和風甘雨品物流形栽者培之而無有傾崇丘之辭若曰麟鳳龜龍四靈來順其餘萬物各正性命由儀之辭若曰天職大生地職厚載王職教化萬世永賴

延陵季子適齊於其反也其長子死葬於嬴

博之間孔子曰延陵季子吴之習於禮者也往而觀其葬焉其坎深不至於泉其斂以時服既葬而封廣輪揜坎其高可隱也既封左袒右還其封且號者三曰骨肉歸復於土命也若魂氣則無不之也無不之也而遂行孔子曰延陵季子之於禮也其合矣乎

骨肉歸復於土命也故葬者藏也謂藏之地下欲人之弗得知也後人之爲陵寢墓祭非也若魂氣則無不之也故古人重立主立祠立廟凡以棲魂

氣也然則骨肉輕也魂氣重也延陵季子之葬既如此又於其封僅三號而遂行謂歸家有主之可哭也此正得輕骨肉而重魂氣之義夫子之所以美其合禮也於是介甫之議為不達於禮意矣（王介甫有季子論）

人生而靜天之性也感於物而動性之欲也物至知知然後好惡形焉好惡無節於內知誘於外不能反躬天理滅矣夫物之感人無窮而人之好惡無節則是物至而人化物也

人化物也者滅天理而窮人欲者也
一陰一陽之謂道繼之者善也成之者性也故人生而靜寂然不動喜怒哀樂之未發粹然至善也感而遂通率性之欲已欲立而立人已欲達而達人也夫吾性本知好善而惡不善物至知知然後好惡形焉不待安排勉強自然好賢如緇衣惡惡如巷伯也如惡惡臭如好好色率性之好惡無有不善也惟性之公好惡無節於內而飲食男女之知誘於外變動以利言吉凶以情遷而後好惡皆

失其正矣然反躬自思平旦之氣其好惡必有與人相近者則其性之善仍在也惟不能反躬而徑行其情好人之所惡惡人之所好是謂拂人之性而天理滅矣夫物之由飲食男女而推若財帛居室貨利感人無窮而人之好惡無節莫知紀極無有休息溺於情而不返妄人之任情若聖人之率性久則化而為一於是滅其性之本善而窮其聲色貨利之欲無所不為在一人則入於禽獸之路在天下則大亂之道也故天命之謂性率性之謂

道修道之謂教道不可須臾離禮樂不可斯須去身天下不可一日不以禮樂為教也

日有食之

書日食非災也明歷也周衰天子或不頒朔於天下列國或各自為其歷夫子書之示歷之準云爾夫分至晦朔弦望使治歷有差誤皆不能使賢愚共喻惟日食則天垂象而不可掩故紀日食而後晦朔弦望分至示萬世而皆可考據矣如以日食為災則以筭推之堯舜三皇之世皆有食其有當

食不食者非陰霾即五方之土地遼遠此見而彼不見或歷筭之差池也或曰昏義謂男教不修陽事不得遂見於天日為之食則何也曰此固云適見於天謂會逢其適而有此非災生於天也男教不脩陽事不得在天為日食之象王者法天故鑒於此而蕩天下之陽事猶乘春陽而布德乘秋肅而明刑也然則日食必為之救護則奈何曰聖人迅雷風烈必變況日食為陰亢陽天變之大者乎故伐鼓於社先王以助陽氣也是故日食當救護

禮也謂日不當食而食故當救護則非也妻不當凌夫子不當勝父臣不當欺君陰不當亢陽故日不當食理也然陰陽互相勝劉柔迭相掩而日不能不食則數也故亦有妻凌夫子勝父臣欺君者聖人於此有憂患焉此春秋之所以作也

趙盾弒其君夷皐

臣之事君生則君生之死則君死之故可生可殺可逃而不可為亂此臣節也靈公之欲殺盾决矣乃不敢顯殺而使小臣小臣又不忍殺衆莫可使

徃甚而使犬則盾之不可殺明矣計無復之乃始伏甲而攻盾盾未及傷即有穿起而弑靈公則盾之終不可殺明矣盾不可殺而靈公死兩劉必折而堅必賊靈公之死謂非盾弑而何蓋此時之晉舉國之人知有盾而不知有靈久矣故傳之記鉏麑記祁彌明記翳桑之餓人皆著盾平日以小惠結人心之罪夫子揆情度勢審義直書曰趙盾弑其君夷臯乃平允也非過嚴也然則為人臣不幸而遇暴主可以受君之殺可以逃君之殺而必不

可使其君不可殺夫使其君不可殺又將何所不可耶

梅谷續藁卷中終

梅谷續藁卷下

雜文一十一首

性善說

盈天地間草木之類並生而有穀飛走羽毛鱗介之類並生而有人是皆天地粹美純良淑靈之氣全受而全畀者也故其性皆善穀之性皆善故人資以生人之性皆善故天地資以位萬物資以育故穀皆能成實人皆可為聖人穀不能成實稂莠亂之也人不能成聖人異端亂之也惟聖人的然

知人性之皆善故為之逸其生安其死仰事俯育無憾也冠昏喪祭有需也鰥寡孤獨顛連而無告者有養也驅其禽獸殊俗異端之害人者絶跡而無擾也孝友恭敬慈惠睦婣信義敦朴廉讓羞恥使其道大明於天下也凡以遂其性俾人之日遷善而不知為之者猶農夫之墾耨耙勞鋤耘鎛薅芟夷蘊崇糞壤灌漑雖順穀之性猶必盡人力而底於成也故穀之不登農之羞也一夫之不善聖人之恥也彼二氏者唯不能灼見人性之皆善而

揣摹於影響之間幾誤以人性之善者為穀人性之不善者為稂莠以為稂莠固天地間所必有者也夫稂莠何惜之有平日教養之不先紀綱之不立禮樂之不興藏身於清淨寂滅眈眈然待民之變徐起而鋤治之可以坑萬人而目不瞬夷都邑而心無慚以為去稂莠固應爾也夫孰為農而不耕穫不菑畬坐令荒蕪不治乃從而燒薙斬刈之使善類俱盡哉故不知人性之皆善是夷穀於凡草木之類夷人於飛走羽毛鱗介之類也夷人於

飛走羽毛鱗介之類則輕視人輕視人則殘忍人而不惜殘忍人而不惜則慘殺屠戮而不止吁可歎也夫

性善說二

烜既作性善說或曰子以穀喻人以穀之性喻人之性穀之性非凡草木之性猶人之性非凡物之性穀之性未始雜一毫稂莠之性猶人之性未始雜一毫禽獸之性穀無有不良人無有不善子之說則既精矣美矣乃孔子曰性相近也習相遠也

又曰唯上智與下愚不移則何也余曰微子言余固將畢其說請仍以穀喻夫不有所謂五穀乎又有所謂百穀乎麥之性甘微寒稻之性苦溫稷之性甘寒黍之性甘溫粱之性甘平粟之性鹹微寒麻黂之性辛平有毒是其性固不同矣然而同為穀也則其甘非苷其苦非蘗其辛非椒其溫非薑桂其寒非芩連其有毒非野葛狗吻是較然醇良粹精不偏不倚而為穀之性則相近也荊揚之地宜稻青宜稻麥雍冀宜黍稷幽州宜三種兖宜四

種豫與并皆宜五種其糞也宜牛宜羊宜麋鹿宜貆狐宜豕賁犬是其習相遠也遷其地失其宜皆弗能為良是習之不善也豈穀之不善哉夫五穀之猶上智明矣彼百穀中夫不有所謂狼尾燕麥東廧蒒蓬皇守田者耶其自生自滅於溝塍廢壤之閒叢纖之子稀踈之粒去衆草何遠也倘識者顧之曰是固穀也遽移而侵菻麥之隴共稻粱之畦而望其斯倉斯箱與五穀並登斯大惑也是下愚之不移也然而苟落其實揉餅餌煮彫胡吾知

其必能益人腸胃也必不發風動氣也以其既為穀則其性必醇良粹精不偏不倚必無有不善者也然則五穀之性猶百穀之性也聖人之性猶衆人之性也人奈何失其本性而使五穀不熟不如荑稗耶

進說

王介甫有進說余嫌未盡其義作此

古者禮樂脩明於上教化洋溢於下家有塾遂有序黨有庠國有學士生其間以不得進為恥民吾同胞物吾與也苟非假手於卿相之位其孰能行

吾志哉若内度之身外度之世君擇臣〻亦擇君既齟齬多忤古道不可復行於今於此時而欲倖進非為肥其身家即思震耀里閭早挾一不肖之心来矣夫君子之處也家人婦子是亦為政彈琴詠詩書足以自娛也其進也苟遇主而合一夫不得其所以為已恥倘不幸遭時多故即赴湯蹈火亦所不辭夫諸葛當鞠躬盡力出斜谷據武功之時回思躬耕南陽一片地抱膝長吟其心之樂不樂何如也苟非激於先主三顧之恩其誰肯進哉

故求進中必無君子君子固難進而易退者也上之人若何而使士不求進而後君子出矣

復讎解

或問復讎對曰此聖人法外之義也治世刑罰得中其有殺人之父而罪所當抵者士師固已誅不旋踵又何待人子之復讎哉其有實殺人之父而或出於誤殺戲殺威逼殺吏議皆不至於死而使人子見之以為吾父既死斯人獨生夫人子不暇為士師之比較昭雪也一時怒髮上指鬬不反顧

因而殺其人以快吾忿君子憫其情矜其義俾其勿抵此復讎之說也嗚呼天下皆人子之父也其孰敢輕殺哉

割股論

天下之事是與非善與惡可與否二端而已矣其有當執三端而論者若復讎之與割股是也夫苟父死於讎爲人子者直之於士師夫苟士師而坐以死夫苟士師而不坐以死人子之心固已無憾矣毋論罪不當死即使比擬而失於出甚或貪贓

納賄故縱而出於罪士師亦人之子也士師之失其職天下刑罰之不明若人子則已無負死父又何必刃其人以為快哉若必雪其讎以報地下遇之而鬥〻不反顧而致於死此亦哀痛迫切而至於此極也又安得議其非孝耶然則復讎孝也其不能復讎而但直之於士師亦不得謂之不孝也惟不直之於士師而等其死父於路人則真不孝矣夫人子於親疾而割股亦如是也人子之於親疾盡心於醫藥畢其力之所得為此常也其藥之

不愈禱之不應欲呼天控籲而無門不得已而出於割股此哀痛迫切之情之極致也嗟乎割股其果有益乎哉其無益乎哉如其有益也則身體髮膚受之父母不敢毀傷此為平居言之也若臨難固有殺身成仁者故戰陣無勇比於不孝若父之將死其為仁孰大矣於一股奚惜焉聖人將以是立教聖父孝子慈孫其皆將不死以至於今日矣聖人智而孝者也故知其無益而不為愚人孝而愚者也故激於不可解而為之夫割股愚孝也其

愚不可及也嗟乎使推割股之心以事父其孰有不孝者哉然則割股孝也夫以割股為孝將何以處不割股者抑知不割股而盡心於醫藥乃孝之正也惟不盡心於醫藥而無哀痛迫切之情斯真不孝矣夫事有執二端而斷者經也其有當執三端而斷者權也故知經而不知權不足以論天下之事

秦論

子貢曰紂之不善不如是之甚也竊以為秦之不

善亦不如是之甚也秦以伯益之裔佐天王逐犬戎遂有岐豐以其儉陋保其富庶蓋二十七公如一日也春秋之世雖畧通兵革於上國穆公旋即悔過殽〻以保吾子孫黎民為念逮於孝公得商君而任之變法定令行之十年秦民大悅道不拾遺山無盜賊家給人足民勇於公戰怯於私鬥鄉邑大治此正孔子曰道之以政齊之以刑民免而無恥者也無仁心而行仁政者也何以知商君之法之即為仁政也夫法必曰民之不孝不悌者必

誅必不曰民之孝悌者必誅也故法立而民信民
信而一德一心無衣之詩曰豈曰無衣與子同裳
王于興師脩我甲兵與子偕行湯之伐桀民猶曰
我后不恤我衆盤庚之遷殷民胥動以浮言嗚呼
秦何以得此於民也蓋或如由余之言上含淳德
以遇其下下懷忠信以事其上一國之政猶一身
之治不知所以治其然豈其然歟而莊襄王復脩
先王功臣施德厚骨肉而布惠於民故始皇立而
兵出函關天下莫能敵果其兵力之强亦深施厚

澤之及於人者久民皆願忠而效死也孟子曰不嗜殺人者能一之六國之殺人必甚於秦也不仁而得天下未之有也秦則無仁心而能行仁政者也聖賢之言豈不驗歟及其既并天下以驕奢易其儉陋以殺戮戕其富庶李斯丞相綰所定剛毅戾深事皆決於法刻削毋仁恩和義者蓋於商君之法又一大變陵亂至於二世趙高申法令而二十七公五王之善政蓋澌滅而無一存公子殘於宗室大臣空於朝廷飢饉遍於道塗膏血盡於南

齕天子固蔽於上將軍待誅於下以若所為雖以啓繼禹太甲繼湯成王繼武亦必速亡後之論者見其亡之速也以為秦以詐力取天下故天網恢恢踈而不失也夫使詐力果可以取天下也則是嗜殺人者能一之也不仁者果可以得天下也禹稷躬稼將不必有天下也羿善射奡蕩舟將接跡於天下也天道無親常與善人至秦而忽改其道也賊德而害仁莫此為甚也故烜竊推原夫子錄書終秦誓之意以保黎民之一念可以王也迨二

世而速亡則不保黎民之明效大驗也然而三代之衰民皆塗炭無有歸咎於禹湯文武者人皆曉然知其公天下而尚德也秦惟私天下而尚法故後世之言暴者必曰秦言無道者必曰秦天下之惡皆歸焉是以君子惡居下流

寶蹟錄序

法書名畫古人精神之所寓也吾儕既讀書攷古凡古人之一話一言留於殘編斷簡者猶且歎賞之不置況法書名畫之如親見其揮毫而搦管也

其可寶為何如特是天資不高則不知好學問不廣則不能好好之而無其力則不能有有之而非篤信誠實之士則不知寶秘以故我湖介嘉興華亭之間前明能兼是四者如董思白項墨林之所聚咸散在人間留於今日或委棄如泥沙夫惟其人不知寶故余雖學不廣力不足率其天資之好猶或有所遇焉復恐古人之精神自我而湮故或為之手裝或孜其尺寸辨其紙素樂此而不為疲昔人云身到處莫放過茲言良有味也余嘗謂窮

居至樂有三讀聖賢書遊佳山水及寄情於金題玉躞閒耳嘗於明窗淨几一爐一茗穆然靜對意有所言輒研墨作跋覺山花野禽皆助我懽娛也或曰子趣則高矣得無滯於物乎余曰唯唯否否夫苟徇生以逐物則玩物足以喪志苟假物以適情則娛情亦以養道天下事大抵皆然也

秀水縣重脩學記

天下不可以吏治而必求經術經術不可以文飾而必取實行實行不徒貴旁求而必興學校學校

之立人材之本也古者農工商賈各有業而又擇民之俊秀者使歸於學夫學者所以明理而達道也故學之為君臣焉學之為父子焉學之為夫婦昆弟朋友焉推之而家而國而天下皆莫能逃乎倫理之外治一身如是治天下亦如是故理明而道達可以貴可以賤可以安可以危可以生可以死可以經可以權人材出而天下治也自學不修明人自為教家自為學不拘牽於小學即支離於異學脩身齊家治國平天下大中至正之學或闕

焉不講由是出而從政儒術之迂疎反不如吏才之捷給是維不學之故夫不學絃彈不能成聲不學射發不能中的孰能以不學治天下之人强之臨民而不敗乎代大匠斲鮮不傷手而因咎學之無效是猶因噎而廢食也吾吳人之知有學蓋自子游始夫子游之在聖門以文學顯故至今日士大夫猶不泥小學不趨異學惟是磊落英多或文過其實風尚之由來漸矣雖然子游豈徒以文學顯者哉跡其宰武城一則有取於澹臺滅明之為

人以其行不由徑非公事未嘗至於宰之室蓋取其有實行也一則以絃歌化民不惜以牛刀試以為君子學道則愛人小人學道則易使也蓋其重學如此詩書禮樂化民成俗則子游之文大矣二三君子其必由子游之學以希聖人之學則今日覩榱梠堂阼之煥然而一新當思洗濯其身心日新而又新覩丹雘藻繪鏤金錯采非聖人之文則當思聖人之所以明倫者黽勉而共敦治一身以治萬民　國家庸有賴於此人焉烜不敏謹記之

以俟

睡鄉記

睡鄉去人甚近自王公大人以及販夫奴隸下賤之子皆往焉其鄉風俗多變幻善迷惑極人間可喜可愕可驚可怖憂愁愉思淫佚奢蕩戰鬥殺伐虺蝮猛獸刀兵水火之事靡所不有隨人志趣使人自迷其幸者昏憒無知狀類死人其不幸即顛倒狂妄錯亂漂蕩大叫不寧百憂攢心萬慮勞神故遊於其鄉而自悔其遊者有之然卒不能以悔

而不往也惟入鄉之前齋戒清淨而後乃無此患其鄉與醉鄉相接壤故入醉鄉者歸途常憇息於此豁然天真無物無我嗟乎此真睡鄉之徒歟然不能澄之不清淆之不濁此中人猶竊笑之又其鄉入慢亭即溫柔鄉地以故春時遊人尤衆有乳峯玉池桃花浪諸勝皆以為睡鄉之遊樂甚而不知此皆溫柔鄉而非真睡鄉也然則雖日千萬人往遊以為未始有一人遊焉可也惟漆園莊叟曾一遊其地歸而為人述其間蝴蝶妙甚或猶應且

笑曰吾暮往而朝歸足决踵疲未嘗見一蝶何誑吾之甚也若陶泉明北牕開窓則直臨其地相傳羲皇晝卦石尚在其處云余近者閒暇無事澄懷觀道或倦且怠姑逐夫王公大人販夫奴隷下賤之子連袂而共往遊爲至則向之同来者各以有事牽纏去漠然徒見山空月明淵深水清刀戟不鳴萬籟無聲廓然天地而不染一塵穆然太始而不留一名恐歸以告同遊者而不吾信也故記之

與賈青城書

與足下嬉遊尚兒童也於今年各踰立僕學業無所成足下東遊齊南之楚逗留於百粵之間讀萬卷書行萬里路亦足以豪矣乃書來勤勤以飢驅奔走時不可再志日就頹五經未淹貫二十一史未精熟欲自今杜門絕跡日限課程期卒業焉足下好學如此讀書種子賴以不絕僕輩誠當愧死然足下所云日限課程僕竊以為不必也夫讀書必立課程此父師之教其子弟者記誦之學耳若吾輩讀書期在心得故或一語兩語陶咏終日或

索解不得忘寢廢食惘惘宵旰或觀其大意手不停披頃刻數十卷風捲葉飛不足喻其疾凡以順吾性而已豈能拘程課哉經史雖習有次第然亦不可通一經始及一經窮經畢始及史儘有經義不明讀史而愈明史斷不定攷經而論定其他觸類旁通挹彼注茲聞一知十舉皆然也若必了一書而後及他則一經之功白首不能殫淹貫何日耶故僕謂讀書當絕浮念使胸無點塵優柔饜飫日浸淫其中久之自然融會貫通如百花釀蜜皆

得其精粹若鹵莽之功祇得其秕穅故患外慕間之無患惟日不足也且讀書雖云苦功必有真樂當浩歌得意時雖蓬户甕牖薪水不給但使清風入懷明月照座好鳥枝頭落花水面皆能助嘯歌送懷抱卒悠然忘倦又夜堂風雨寒蟲自織木葉騷屑荒雞徐鳴羈人思婦人世至孤寂無聊之境入讀書者之心胸皆不知手之舞之足之蹈之低徊而不能自休於此而使天假以年俾得多讀數百卷書不為天地間遊民則命也倘不幸先霜

露而隕則得尺亦尺得寸亦寸吾自盡吾讀書之志而已亦命也非人之所能强也僕以為古人所讀之書尚少自今以後百家諸子當日漸多吾生也有涯安能以有涯逐無涯哉故讀書尤須愛養精神毋論用力太猛則神疲目眊書不能記憶且既已讀書則此身為天下倚賴之身後世瞻仰之身安得不為道自重哉故子朱子謂半日讀書半日靜坐匪特讀書之法亦養生之道也使来述足下甚羸尫故僕竊謂宜少安毋躁非阻足下讀書

之志正以堅足下讀書之志爾毋如孟子之言其進鋭者其退速則幾矣不宣

下殤女阿華墓磚記

阿華余長女也卒於乾隆三十四年三月四日蓋年僅八歲云憶兒當六歲時其母嘗註曺大家女誡七篇授之十日即能成誦逾月悉通其解居恒膝前懽笑三從四德以八歲女子言之娓娓余方將於華也觀婦道乃不幸夭死矣叔世陰教不修婦人多詬誶厖雜白首不明大義有一於此天奪

其齡余心傷悲不獨為阿華慟也爰以某日葬於
泖濱之戚圩其父子章追而為之銘曰
聖周之禮以棲汝魂昭昭而死賢於生之昏昏

梅谷續藁卷下終

嘉興楊士尊鐫

梅谷十種書

[清] 陸烜 撰

拾瑶叢書

中册

文物出版社

夢影詞

敘

陸子梅谷詩人也未嘗知其能倚聲丁亥夏偕顧子竹莊訪余於棘廬時方索處久蕪聲韻之學感故人之遠至相與上下其議論者竟日寂後偶及宋人長短句梅谷專主情致為本色當行余則以清空為宗而蔽以一言曰雅梅谷頷余言而去意若有不釋然者居無何梅谷書至重理前說以為小有不合且以所作夢影詞一卷質余余讀其詞大抵取材於花間草堂而出之以新纖靡綿密不

在小晏秦郎之下低吟往復如所欲言為嘆服者久之又為竊恠者久之抑何嚮者所持論者之各異也既而思之則余前說猶未盡故今夫鄭衛之聲淫聲也其辭淫辭也然而詩存而不削者無俚辞故也無俚辭則其辞淫而其文雅矣詞之妙生香真色在離即之間譬如驕馬銜轡而欲行粲女窺簾而未出又如鮮霞點水奇花初胎雖昵狎溫柔至於魂銷意盡而其思艷以哀其言亦麗以則偎褻之過流於鄙俚箏琶雜遝興味盡矣若夫造

品賦才柳膩蘇豪白石之清勁玉田之深婉人有不同同歸於雅此亦如論詩然王孟韓白各極其致已爾梅谷夫何疑是集也梅谷問叙於余行將付梓知音之士必有極賞之者無俟以余言重也因第理余與梅谷譚藝之旨書而歸之

棘廬學弟陳朗拜撰

余嘗讀梅谷居士所著偶筆一書其論詩一以清閒平淡為宗黜去纖巧豔麗之響意者其論詞亦若是已矣既而讀其論詞則又絶不相蒙畧記其語有云詞何以為詩之餘哉吾儕拈三寸弱毫目想心遊靡所不至有偎褻語有瑣碎語有誕妄語是皆不可入詩不可入而又不忍竟棄則有倚聲在故詩如松柏之姿詞如梔杏之色詩貴沉着痛快力透紙背詞貴筆不着紙冷然風飛温李為詩教之靡蘇辛為詞場之變比而同之此其蔽也然

古来媚聲韻者其詩筆每纖弱而輕揚高格律者其詞章每麤豪而質實求其一手二枝生枯俱下非心空無物具許大神通者不足以語此乃或者專心風雅絶意浮艷高則高矣請但栽松柏勿栽桃杏也梅谷之論詞如此然予猶疑天下長於彼者或詘於此識之精者功未必極梅谷之詩固已海内無間言夫又安能事事絶人如所云云也數年来余瓢笠雲水歸則有井泉處皆知有梅谷夢影詞三卷余亟取披覽見其穠麗如高唐洛神哀

怨如子夜讀曲每歌一闋竟如美女欲活低顰淺訴戃慌而不能已已字字香豔言言雋永殆汲花間草堂之腴融漱玉淮海之妙信乎其為枇杏之色也信乎其筆不着紙冷然風飛也信乎其能一手二枝生枯俱下也余無以贊梅谷之詞其即以梅谷之自道者序梅谷之詞可乎若其以夢影名詞則有色皆空無真非幻與嚴滄浪論詩空中之音相中之色水中之月鏡中之象羚羊挂角無跡可求有水乳合萬木同根千川印月世尊拈花迦

葉微笑解人不當如是耶天童老衲拙宜題

夢影詞卷上

平湖陸　烜蝶丁填

婆羅門引　夢

行雲何所巫山十二楚天空露桃殘處隨風花落一江春水〻底浸殘紅但瀟湘暗浪千里溶〻烟林曉鐘撫枕席有誰同却怪来無片語去絕清蹤欲留恨句在鮫人織就藕絲中正淡月照着青銅

永遇樂　影

似有仍無欲無還有空〻之色難寫丹青浪希神
釋虛費追風力月中清桂九州河海千古誰知端
的渴年〻遊絲飛絮斷送春歸無迹　黃昏遲苑
孤燈向壁偏惹羈魂岑寂電閃金蛇雪畱鴻爪往
事難重憶佳人臨鏡〻臨流水〻裏依然傾國又
化作行雲入夢不言長默

應天長

遊魚比目交枝樹同穴相憐如鳥鼠朝清歌夜妙
舞地久天長無盡處　瑶臺雲閬苑雨離恨天何

須補明月暫圓三五吴剛猶落斧

青玉案

斜陽苦送青春去似弱水西奔注鏡裏朱顔花上露唾壺敲缺洞簫吹破酒醒人何處　依〻雲樹江天暮總是離情楚騷句舊夢新愁誰與語月沉香冷燈殘燼落一枕芭蕉雨

水龍吟

畫船初逗烟汀綠楊影裏朱門啟乍分携處清波鎔鏡遠山堆髻缸外帆明意中人遠晚來天氣縱

今宵繡被餘香未歇教獨自如何睡　十二雕闌遍倚漸譙樓疎鐘飄墜月如解意休教孤影仍窺離袂血染鵑紅珠彈鮫碎有盈盈淚悵無端做就迷花病酒懷人情味

鳳凰臺上憶吹簫

淡月籠烟春陰閣雨一枝紅杏斜斜早玉樓人困睡醒窓紗半晌曾和伊共嚇破我好夢回家從今後擬拋金彈遍打啼鴉　堪嗟鱗鴻無據但目斷萋萋芳草天涯任多愁多病暗擲年華不信香芸

紅藥可醫我瘦骨如麻凝情處貞蒐化石鐵樹生花

八六子 題北苑画

似江南初春雪後風光一片烟嵐看隱隱孤村零落重重樹色迷離空波遠涵 數峯天外拖藍殘照斷邊飛鳥白雲平處征帆更渺瀰湖鄉敗蘆叢竹亭荒人去橋廻路轉劇憐幽似輕紗籠辟曠如明鏡開奩寂沉酣漁舟又添兩三

粉蝶兒 本意

一抹煙光園林雨止花暝悄蝴蝶来窺芳径似髙
翻仍淺駐臨風不定寂可憐偷傍玉人香頸　飛
絮濛濛一同墜去無影點點青苔落紅相並惹遊絲
縈盡扇心魂耿耿悶漆園夢裏幾時真醒

錦纏道　春雨

嫩暝園林幾點催花微雨拂青旗遊絲難駐柳陰
忽斷流鶯語翠掃紅塵耐可尋芳步　向芍藥叢
中海棠深處濕濛濛一身香霧看行人天外孤舟
載離愁都滿又載春山去

綺羅香　秋雨

蓮子香消，菼蔌葉爛，盡日冥濛微雨。米老模糊，新點悲秋一賦。濕雲邊、斷雁来時；烟浪裏、孤舟初去。最堪憐、寂寞黄昏，聲〻多在敗蕉樹。　此時此際行客，料一篷低掩，楓林漁浦。晚飯孤眠，應憶畫堂深處。粘落葉、螢火猶明；抱冷砌、哀蛩如訴。兩相思、共聽殘更，沉〻江上鼓。

魚遊春水　寒夜

夜月明於水，雪壓梅花低不起。風敲窗竹，小犬金

鈴驚吠鳳嗉吹殘碧玉簫龍涎薰透紅霞被燈火
青熒美人春睡　且伴清癯鶴子翠袖天寒教獨
自夜闌更剔銀缸重翻諧史忽聽帳底嬌鶯囀夢
裏吟儂相思字未免有情誰能遣此

南浦　春水

一片五湖明是當年范蠡載西施處芳草滿汀洲
青如染猶帶吳宮烟雨漁郎柳汊暖波分占鴛鴦
侶獨有離人臨伊岸紅袂送孤帆去　天涯望極
粼〻似佛眼相看清空無阻山翠拂修眉枆花面

都向鏡奩中駐衣香鬢影湔裙令節思前度再来
鴨綠依然漲只不見凌波步

蹹莎行

冷月當樓孤雲橫巘飛鴻過畫簾櫳晚屏風六扇
畫瀟湘行人却在瀟湘岸　晼芷汀蘭分明入眼
三妃淚血何曾見暫時好夢落巫天啼猿也要催
腸斷

解蹀躞　鞦韆

青粉墻高紅杏鬧佳人春戲綵繩十丈轆轤上雲

際飄々仙袂隨風翻身翩若驚鴻綠珠防墜　依然起楊柳梢頭搖曳釵橫汗香細鶯聲嬌囀呼同伴諸姊幾何失足金蓮扶他重整湘鬟玉慵花悴

燭影搖紅

燕子歸來綠楊赴瞑閒庭院水晶簾捲月窺人々似嫦娥現雪腕淺舒金釧鳳求凰清琴彈斷縱無離緒酒冷茶清良宵自怨　手植漳蘭生香已破玲瓏箭蠟焆裊盡蕊珠繁夜永青春短待把芳心都剪只夢兒不曾拘管趂東風去蝴蝶梨花融成

一片

醉花陰　和漱玉詞韵

冷苑碧梧溪午晝蘭篆銷香獸無語自悲秋萬種相思紅豆嘗應透　雁聲不到車鈴後珠淚空沾袖莫上㝡高樓落照繽紛人遠青山瘦

點絳脣　同前

困倚紅樓玉簫懶唱黄金縷燕鶯来去穿簾梨花雨　心似春蠶到死還多緒愁何處短長亭樹鬢影鞭絲路

武陵春　同前

綠暗紅稀春晛晚倦倚小樓頭杜宇聲聲不肯休花落水空流　垂柳陰陰斜轉處若箇泛春舟儂已心如不繫舟更飄泊似儂愁

怨王孫　同前

金屋人悄玉堦思惱别鶴驚春離鶯怨曉更滿地落花紅殞東風　惜春却望春歸處流水去桃李空辜負夢魂此際何似一縷輕雲遠隨君

浣溪沙　同前

十二珠簾湧自垂萬千心緒竟無涯懷人更上一層梯　無奈青山遙似夢只拚綠酒醉如泥不然那禁數行啼

聲聲慢　同前

幽幽咽咽蟋蟀依人偏若絮語關切似夢仍醒離緒懨懨殘息哀鴻落葉遞響又誰家踈砧敲急恁時候正安眠却羡小鬟無識　山枕欹斜反側任髽褊金環也休教摘夜永如年看到西窗月黑淚紅已自揩盡算只餘心頭一滴拚後夜拈針揩無

睡始得

好事近 和淮海詞韵

明月上梨花還似見伊顏色任濕衣襟香露醉溪
盃三百 蕊珠仙史廣寒居宮殿輝金碧暫遣夢
兒回去渡江南江北

醜奴兒令 同前

悲秋人在梧桐苑星斗闌干月色籠寒金井微闌
落葉乾 從前事〻牽懷抱淚盡應拚好夢無端
飛渡三山縹緲間

桃源憶故人 同前

綠么亦是相思種長日尋芳偏共小立春纖如鳳一片青苔擁 流鶯又向斜陽動攪起舊愁新夢軃着香肩情重笑撚花枝弄

滿庭芳 同前

細雨吹絲清波滑笏綠楊影裏重門日長人困寂寞對芳樽愁重不禁深酒扶殘醉嬌眼繽紛鞦韆下小鶯啼破微月上花村 傷寃休更問鴛鴦比翼寸步難分只玉體宮砂一點猶存斷粉零香誰

惜事去也春夢無痕空贏得寶奩明鏡形影共晨昏一作新添恨淚珠偷滴寶鑑已塵昏

花犯　梅花和清真韵

正空山天寒日暮有多少愁味玉肌冰骨向明月光中益顯奇麗蕭々脩竹聊同倚自憐還自喜看殘雪數枝猶冒蘆花高士被　莫問孤山算籬落春來人去後幾回憔悴憑誰惜江樓玉笛從吹墜悵空詠暗香疎影又起覓徐熙圖畫裏但記得翠禽相並一瓢曾汲水

蘭陵王　和清真韵

箭鋒直一棹孤舟破碧晴江上芳草蘸波楊柳梴花弄春色烏衣何處國燕子暫来為客簾櫳靜亭館無人綠漲橋頭又三尺　苔痕剩香跡悵歌歇梁塵酒散瑤席残羹滿地鈴蹄食漸東風拂面斜陽上樹隔林鉦響度暗驛江南望江北　惻惻暮煙積只白鳥梳翎作伴幽寂春流有盡情無極且倚篷待月看雲吹笛可憐山色似眉翠向晚滴

雨霖鈴　和柳七韵

叮嚀空切這相思恨石爛方歇羅巾数點紅淚待
緘付與行囊同發流水猶憐別苦帶幾分嗚咽奈
行客揮手飄然孤帆去聲無聲向寥濶 人生宦悰
初分別悄不如前未分時節從今盡眉空記春三
柳初三新月怕見孤幃却把雙鸞繡枕仍設直等
箇好夢回家此恨從頭說

八聲甘州 同前

又涼風做就落霜天〻空碧雲秋乍裌衣清冷笛
殘漁浦酒醒江樓何事哀蛩吟樹切〻不知休却

望明河水有影無流　回首十年飄泊似飛星投地底處堪收算芙蓉色好能更幾時留訴相思簾前淡月應照他萬里一孤舟料伊亦斷鴻聲裏記着儂愁

謁金門　和朱牀真韻

花一半吹落曉風無限陌上街頭都踏遍仗誰人領管　淼淼春江水暖忽到畫梁雙燕自把茁紅衫袖撥拾飛花寄遠

玉樓春　和晏牀原韻

水晶簾捲微雲暮一髮春山青到戶照人顏色皎
如花攪起柔腸輕似絮　無人知我傷心處憑仗
流鶯傳恨去流鶯不解喚歸人啼斷夕陽芳艸路

又同前

枝〻葉〻花飛舞萬點春光愁裏度惱人春色不
多時寂寞仍從花上去　花應遮斷春歸路畱着
青春還少住畱春不住看花飛淚滴飛花狼籍處

二郎神　和徐青山韻

金堦淡日漸移過海棠紅影小閣又東風霏微淺

浪吹得清茶盌冷不是迷花蕉中酒仍惹就去年人病悵怨粉愁香纖毫難掩春如明鏡　誰省玲瓏玉髀宮砂空凝似人柳禁春三眠三起青眼朦朧不醒翩若驚鴻柔趺無骨虛度可憐芳景又聽到格磔鈎輈鳥語一聲〻靜

瑞鶴仙　和六一詞韻

倦將香髀枕似杏怨桃愁花骨難整芳心縱教冷奈鶯羣顫響蝶交褪粉青春不永又紅雨飛來蕩井待相思細訴東風二十四番吹畫　空省湘鈎

寬玉繡袜凝酥夢中情景有何喜信裙帶解幾曾
准只除非金剪落烏雲綹一併封題短問牽動他
締結初情懽期倘穩

花心動　和阮逸女韻

人去春回鎮相思金釵已拚敲折柳潤莎暄數點
梅花猶剩歲寒清節欲將心事東風訴鸚哥巧防
他饒舌新添恨辟金寬褪翠眉長結　記凭香肩
同說顛世々生々此情長切枕上芙蓉被底鴛鴦
不遺一宵虛設銘心笑指堦前石々堪泐茲言難

滅若相負有如天邊明月

哨遍　和東坡韵

綠楊小橋紅杏遠岬佳麗江南地更吹来細雨與烟光共氤氲一天春氣正上巳初臨祓除時候飛花亂點湔裙水有遊女如雲爭妍逞媚不信紅兒堪比算人間無限好花枝繫不住垂楊萬丈絲向晚村墟一聲杜宇幾多愁味　玉手不須攜拚長醉軟紅茵裏看来世事踈懶直教勝伶俐漸戕陌人回紅塵拂面飄飄仙袂從風起一片模糊青山

如畫放眼暮潮平際看水禽拍拍向人飛聽隱隱漁洲玉笛低総一幅晴郊閒意須知花裏蜉蝣朝暮成身世這些利鎖名韁事業精衛填泥堪已春光如海艷陽天報君且住為佳耳

夢影詞卷上終

夢影詞卷中

洞仙歌

光風霽月照金閨如水淡掃娥眉罷梳洗似梨花一種嬌態禁春ㄣ不管春雨樓頭獨倚　櫻桃微破顆嚦ㄣ鶯聲吟着傷春斷腸字算古往今来薄命紅顏錦囊句空粘窗紙看學繡江邊草青ㄣ撈蝦客誰知沼吴西子

紅杏泄春光　自度腔　仙吕

小苑迴廊畫橋流水垂柳下單鴛鴦隱ㄣ花間笑

語吹出口脂香　正秋千外一抹斜陽鶯聲巧似笙簧闌不住玉樓紅杏漏泄春光淩波憐洛浦殘雨憶瀟湘思量

浣溪沙

山帶輕雲柳染霞一池春水浸桃花武陵何處泛仙槎　歌管樓臺聞笑語鞦韆苑落鬥天斜銜泥燕子入誰家

又暮春山行

烔柳絲絲夕照斜斷橋流水接天涯青山一半白

雲遮 入耳歌聲偏戀鳥到頭春色又飛花人家
傍午焙新茶

紗窗恨

紗窗半啟幽篁裏碧氤氳香堦盡日無人到緑苔
匀 波如鏡花如人面奈遠山長似眉顰謝豹聲
中又残春

殢人嬌

夜合花開可惜那人不在残夢醒一簾芳靄蘭灴
半滅乍篩来月彩當此際怎了得相思債 記得

年時青螢點鬢共靠着小欄干外濃香膩粉看飛蛾恣採低說道夜合花名堪愛

柳梢青

楊柳如帷春風亭上置酒臨岐鴉背殘陽馬頭芳草都似畱伊　高樓橫笛休吹人去後梅花亂飛愁翠銷螺香肌減雪何日歸期

又

小院春晴綠苔如繡細艸無名漸近紅樓陰〻楊柳溪鎖簾旌　隔溪一樹桃明人不見清琴數聲

波染胭脂風吹香澤儘彀關情

生查子　紀夢

含笑下香階剗却凌波步幽艷十分情一一傾心吐　夢裏記相逢水碧沙明路轉過藕花灣一帶芭蕉樹

又

餙翠更開奩自愛新粧面回首問檀郎今日花深淺　春色寂撩人莫漫湘簾捲只恐碧桃叢偷入黃鸝眼

白燕令　自度曲

梨花夜月記舊日池塘波浪清澗一雙玉剪〻不斷春愁素娥凭處珠簾十二湧高揭　莫向昭陽殿裏恐入宮見妬忌他孤潔烏衣故國幾度又東風預防歸去江湖冷落遍霜雪

蘇幙遮

碧紗厨紅玉枕簟影如波人似芙蓉浸素豔明妝弓樣寢便做無情莫也風流甚　月初盈潮暗滲十二巫峯夢裏何曾禁臙是湘簾花送影泥郎細

讀廻文錦

又　美人食梅

揀踈枝尋嫩蔭摘箇青纖絶勝紅菉甚準擬甞新驅畫寢分付雙鬟遲進清茶品　玉牙冰香骨沁一點酸寒入口偏能噤翠歛山眉嬌則甚唾花巳落鴛鴦錦

又　銅井夜尋梅花

月朦朧波瀲灧欲問梅花踏遍東西崦殘夜不知山路險石徑高低但把藜枝探　暗香增踈影減

訪玉尋春第一相思膽雞犬無聲人意淡隅林纖火明江店

生查子 湖上酌酒别山

我意已辭山山意偏留我青翠一雙眉尚向行人鎖 酌酒勸春山山影深盃墮飲酒并吞山山在胸中坐

繫裙腰 柳

千絲萬縷笛中生宜煙雨況新晴枝枝葉葉春光好十里長亭且携酒聽鸝聲 擬倩王維斜點筆

添一箇釣舟橫舊時拂水臨橋處青眼猶明曾携手共那人行

阮郎歸

玉梅花下試新粧殘脂和雪香黛眉山淺鬢雲長金釵十二行　矜國艷惜年芳含羞語粉郎阿奴須做蜜蜂王春風聊主張

攤破浣溪沙

膩損偏荷一串金醒來無語對花林乳燕遊絲俱寂寞又春深　惜玉無端分玉玦慰人空自寄人

葠春艸青時人去也到如今

錦堂春

小楷戲書紈扇新詞自譜鸞簫閒情偷畫鴛鴦鳥一點已魂銷　縱斷眉尖緑暈難消臉上紅潮去年曾為伊憔悴何況又今朝

惜分飛

陌上花開聞杜宇報道不如歸去愁挂江南樹夢魂已越關山路　幾日東風幾日雨總是離人愁緒歸信仍無據子規啼到無聲處

探春令

杏花枝上落嬌紅春一分休矣任東風都入烏衣尾剪不斷愁如水　流鶯又動垂楊裏往事從頭記只慇懃臨别叮嚀數語也合相思死

訴衷情近

紅蠶作繭村落陰濃時候榆錢欲買春留柳線竟牽春去ㄋ去也無人問獨有蜘蛛猶網飛花住春歸處更作廉纖細雨濛ㄋ雲樹隱ㄋ聞柔櫓商和估幾回拋卻年芳曾約歸期又誤目斷清江路

夏初臨

菡萏淩波蜻蜓點水片雨初過池塘曲檻迴廊無風也自清涼美人殘夢瀟湘鬆雲鬟魚子蘭香融融粉汗纖〻翠眉冷〻衷腸　懽期如水密約如雲奴如春燕伊似秋霜難教十日風流一處相將此意誰商只除非細剖蓮房苦心長無端亂拋打着鴛鴦

風流子

碧梧收晚照涼風起吹冷一池星漸苑宇悽凄乍

飛黃葉琴書蕭寐更點流螢秋聲緊莎雞哀訴苦
促織小啼清霜積玉階月窺繡戶花殘金井香掩
雲屏　不堪追往事凭欄立牵牛織女同盟多少
軟言甘語蘭口猶馨奈朝雲暮雨空教夢裏海枯
石爛虛託来生自入秋来無影伊似浮萍

十二時

白雲流涼颸滿院一葉梧桐初墜乍氷簟橫生秋
思却驚醒嫦娥聽星眼微開花枝猶顫倩侍兒扶
起看玉盥新沐蘭湯淡點山眉拂鏡重粧雲鬢

問簾前露濃香冷猶剩殘枝茉莉小摘玉尖殷勤插鬢有許多情味算花猶零落再相逢已隔歲鬔繡床也無心緒品竹也無閒氣十二時中作何消遣但有醺醺醉恐一杯入手又吹到鶯鳴字

減字木蘭花　入山訪友人不值

松杉林下獨自披榛騎瘦馬煙日霏微開遍空山一品妃當歸花別名一品妃見漁洋詩話高人何處試準鐘聲雲外去野鶴飛還穿歷斜陽正掩關

千秋歲

敗荷殘蓼斷送秋多少風水駃烟波杳孤舟依遠樹行客隨飛鳥人去也青山一髮空殘照　言六何堪道情六何時了難便割如紅稻月中蟾桂冷鏡裏芙蓉老從今後高樓不喜清砧擣

醉春風　清明日嘉興出遊

陌上花開處鶯燕爭飛舞人生看得幾清明去〻去荷插前頭一盃不到是金伶墓朱竹坨鴛鴦湖櫂歌註郡有劉伶墓土人避錢鏐諱改呼金伶墓　柳葉青眉嫵酒態真珠露賢倡橋外可嬉春住〻住樓鎖鴛鴦平波一碧剩憐

煙雨

天香 美人食烟

非霧非霞芙蓉兩臉無端似隔簾見素約瓠犀紅消櫻粒一點香津空嚥風前微噴氤氳得花枝難辨行雨回来滿袖惹巫雲舒卷 半醉不禁檀喘漸朦朧慵擡嬌眼再休信煩惱憑伊堪遣一寸相思欲訴又一寸殘灰乍飛散湯執湘妃斑斑淚管

法曲獻仙音

嬌欲人扶困嬾人問一笑一顰情味花底春明柳

邊春暗半雨半晴天氣不禁奈何頻喚手敲玉如意　香閨裏一春有一年多永殘夢醒回首已如隔世山鳥盡情啼學竹西前日歌吹廿四橋邊又何心更把箏理憶年時尋腔按譜落花流水

晝錦堂

草解忘憂花名含笑殷勤素手親栽況有漳蘭並蒂芍藥重臺幾日雨絲風片裏滿庭嬌艷一齊開殘春杳空館無人舊時翡翠還來　傷懷誰按笛誰對酒虛教零落蒼苔多少羈愁別苦況近秦淮

年〻春色隨流水玉鈎斜畔美人埋空回首二十
四橋明月曾照宮槐

賀新郎

藕葉過微雨看田〻珎珠欲瀉翠鬟慵舉數朶芙
蕖破新艷似與佳人共語偏惹得有情無緒不信
六郎顏色杳湯臨風猶學凌波步更開向鴛鴦浦
浮瓜沉李幽懽阻但青山倒影如畫舊時眉嫵
點〻萍花散明鏡〻裏遊魚空聚又却怪魚書難
擄伊不歸子魚失水只鮮妍蓮子同心苦春復夏

將殘暑

倦尋芳

春殘晝永簾幙無風蕉竹成響盡日空閨只有燕兒來往俯朱欄臨斷砌落紅看到青苔葬這相思怎生抛捨却眉尖心上　待香帕緘題恨句遠寄天涯魚腹雖仗顰笑相憐鏡裏玉人偏兩一自蕭郎音信絶舊彈琴處縈蛛網憶從前對名花幾回清唱

漁父　題趙大年小幅

一片流霞夕景清青莎碧樹出秋晴山翠斂水波平閒話滄浪待月明

又　前題

江水粘天更不流沙鷗天地一雙舟獮短棹美輕鈎紅樹青山相向秋

如夢令　泖濱夜泊

煙際鶴聲飛去暮色遠沉江樹小艇只如梭掉入蒹蘆深處且住且住卧聽一篷秋雨

百字令　自題山雪探梅圖

健兒快馬莫當年豪傑如今盡死百歲光陰容易去三萬六千而已一笠一瓢一丘一壑老我煙霞裏芒鞵竹杖優游請自今始　最是冷雁號雲朔風吟葉更飛花點水此際清狂〻轉甚延佇渾忘遐邇踏破空山立殘踈影且住為佳耳除梅兄外眼看知己誰是

又

前韵自題空山獨坐圖

空山偃蹇早身如木槁心如灰死世事滄桑何足問笑指白雲無已不是求僊非關學佛終日朦朧

裏電光駒隙看時序幾回始　顧倩明月爲釣彩霞作帳香海供杯水添箇茅廬杳靄際熊館鶴巢相邇高枕夢回古琴彈罷松籟常盈耳倘呼牛馬不須報道非是

又　前韵自題秋江垂釣圖

西風凄緊把木葉吹殘菰蒲吹老更蹙波濤千頃緲搖蕩漁舟難已兩笠烟簑竹篙欆纜垂釣秋江裏機心何有狎鬧鷗與終始　暢好近郭生烟遠山斂霧天氣清如水點點飛帆斜復整雲際微分

遥遡背日收筒順流鼓枻歸去喧黃耳君家何處門前五柳應是

又

前韵自題水村讀書圖

其人已朽只残編斷簡長留不死插架牙籤羅萬軸南面稱孤堪已流水年遥青山世沓心事悲歌裏典墳丌索憐灰燼恨秦始　有時拔劍長吟呼觴痛飲意氣凌江水千古興亡千古事一室周旋何遡狐穴冥搜兎園顛倒富貴奚須耳靈威脉望天教吾輩如是

夢影詞卷中終

夢影詞卷下

擣練子

心切〻夢惺〻斷杵哀砧不肯停一枕相思眠未得隔簾踈雨濕流螢

又

砧斷續漏零丁不管愁人不要聽又是一番秋雨歇井梧吹葉到雲屏

菩薩蠻

蓮花綽約如儂貌郎情如葉曾迴抱清苦又蓮心

折来思不禁　空中千萬緒捫着仍無據何物似
相思相思如藕絲

憶王孫

無端蟢子上流黃鏡裏芙蓉浥淚粧人在薰風十
二廊暗形相九曲欄干九曲腸

浣溪沙

莫道孫眠獨自愁獨眠長起不梳頭繡纏無恙裹
湘鈎　記得舊時鴛被底不須真箇也風流妮花
偎玉幾曾休

畫堂春

紅襟小燕入簾初杏花春雨踈〻日長人困一愁無香冷金鋪　蛺蝶偷窺翠鬢東風故惹輕裾等閒妨了繡工夫細數花鬚

浣溪沙

又是梅花結子時輕陰漠〻雨絲〻一般春恨有誰知　小疊鸞箋傳密語低吹玉笛寄相思行雲猶自為人遲

好事近

小雨畫簾垂簾外花光如漆一片春愁何處被東風吹入　香腮斜托悄無言暗想當年泣且去海棠枝上認伊人顏色

卜算子

玉砌暗蛩啼碧瓦明螢射紙帳殘燈不見人簟影清如瀉　夢醒更無聊偎遍闌干亞落月遲遲漏轉長紅豆花開夜

南歌子

涼吹鳴衰柳踈砧動夕曛殘絲殘雨一梳雲只怕

秋聲今夜我先聞　玉帳曾親揭金鈿悵久分羨人迢遞隔江濆從此斷鴻聲裏鎮思君

青門引

獨睡何曾穩聽徹銅壺漏冷荒雞初動欲三更梅花淡月扶上一簾影　舊時好夢難回省臨別粧重整那人今夜何處繡羅巾上殘香剩

木蘭花

酒香時茶熟處鸚鵡喚回春夢午整寶珥拂雲鬟小立金階無片語　惜春〻色嗟遲暮魚雁無憑

懽信誤梨花落去一絲風燕子歸来雙剪雨

鶯啼序　梅花

臈後春前曾記得舊時相識白雲晚流水無聲愁絕江南江北風裏不知殘葉落雪前更覺溪溪黑問天寒獨自何人肯慰岑寂　冷月沉雲寒氷凝谷久阻尋春屐但飄然玉骨瓊姿偶松竹成三益寄相思驚鴻別鶴訴離愁殘却斷驛悵仙姝空現羅浮遙〻難即　孤山丗夕誰向水邊籬落問林逋片宅欲喚起清癯竦影暗香重吟詞筆霜禽粉

蝶都隨人去錢唐山水依然碧況更問揚州咏花客天涯白髮不堪夢落闌山二十四橋春色　無情有恨曾逐東風點壽陽宮額㝡是書空驛使踏盡芝蒵酒醒江城吹来離笛零枝墜蕊殘香剩粉舊時策蹇幽探處又酸寒萬點春無迹不如畫取幽姿紙帳紗廚長留淡墨

傳言玉女　秋柳

幾處蕭條但有棲鴉流水灞陵原上料閱人多矣顰眉翠眼看到冷煙叢裏淒淒搖落樹猶如此

遊子天涯撫年光傷暗逝斜陽過客千尺絲難繫秋田酒熟彭澤歸来應是西山朝爽又添佳致

點絳唇 横塘舟次

江上人家疎籬緑樹垂紅棗雨荷風蓼粧點秋光好 舟泊横塘鷺散鴛鴦鳥空波渺遠山殘照青女眉新掃

清平樂 春遊醉中作

漁邨田舍又是春歸也到處垂楊堪繫馬醉倒酒邉壚下 醉中試問青天古今多少英賢一片雲

山自碧滿溪桃李無言

又 櫂歌

鵬程萬里笑謂君休矣且向菰蘆烟雨裏閒弄一竿秋水　夜遥蓬底增寒蕭〻落葉聲乾醉卧不知南北孤舟流下前灘

東坡引

玉壺紅淚落遠山翠眉蹙牽衣幾度殷勤囑春来風雨惡春来風雨惡　陌頭草碧渡頭柳緑剩雪點融樓角思量今夜鴛衾宿峭寒偏我覺峭寒偏

我覺

一絡索

遥夜琉璃屏裏月明如洗金爐寶篆熱龍涎已裊盡鴛鴦被　冷粟難禁香體倩誰温倚空看竹影上紗廚疊幾箇人ㄥ字

浣溪沙　淋泠夜雨滴空堦洪子持褱夢仙姝吁贈句也余取入浣溪沙歌之聲甚悽惋

好夢無端上玉釵仙人親見縷金蠜相思風味病情懷　青鳥不来春竟去落花無主月長埋淋泠

夜雨滴空階

長相思　舟泊松江

波如油月如鉤數點飛鴻一葉舟蘆花江上秋
經新妝酒新篘泊近青山古渡頭醉看婁水流

滿逄芳　寒夜聽隣閨理曲

畫棟粘雲踈簾映雪夜寒深院誰家紅氷一枕好
夢破橫斜不道簷前鐵馬嘶風響怨入胡笳空凝
竚淡烟流水春在玉梅花　堪詩又早是一輪明
月移上窓紗似替人憔悴慰我年華縱有三杯淡

酒怎禁得八拍琵琶憑傳語離鴻別鶴休按小紅
牙

雪梅香　春遊

春如畫斷橋流水有人家更青旗高挂盈盈甕酒
吳娃湖上倩眉遠山色風前薄面小桃花紅船撑
近柳陰邊驚起棲鴉　是誰家涯苑蹴罷鞦韆吹
落喧譁隱隱嫦娥空憐炯鎖雲遮佛眼波清粘碧
草越窑天霽襯紅霞準擬踏青歸去晚月上窗紗
聲聲愓

無情無緒閒悶閒愁如醉如癡如夢釀蜜燕花天氣将人做美相思黯〻山積又吹来落紅填空問箇裏有誰知鸚鵡飄籠應共　簾幙温〻香重悄不覺鍊就一爐鉛汞天也多情怎禁箇人心動況看嬌鶯浪蝶都被他春光斷送心匪席安能捲春思無縫

春從天上来

屈指堪驚算别後春風幾度清明緑楊枝上啼斷黃鶯十年舊恨難平記花前月下曾攜手海誓山

盟帳如今似崑崙東阻弱水西傾　落〻年芳去也縱錦織迴文也則空名甲帳論兵長門買賦風雲帝里神京料不如歸好不如歸嶺上春耕共卿卿連枝比翼課雨占晴

瀟湘逢故人慢

九峯滴翠又平湖秋霽如鏡新磨夕陽斂晴虹淡孤邨斷岸唱徹漁歌畫屏十二乍窺臨一點纖阿正年少盈〻不嫁可憐人似嫦娥　玉溫潤花綽約只除非肥環瘦燕如他想井水無波縱欲託清

琴恐惹飛梭支機石冷也休望烏鵲填河迴文錦
織成離恨心腸錦繡知麽

水龍吟　落花

無端斷送春歸鬧紅滿地嫣花落豖餘燕嘴粘殘
蛛經都歸香屩客去樓空蜂驚蝶散殘畄蕭索更
離亭十里臨風置酒共血淚侵杯杓　杳杳年芳
暗度悵佳期錦書難託春光如水斜陽如箭空畱
翠幄蕩子天涯繁華一夢同他飄泊算人生美景
良辰有限急須行樂

又　紅葉

澄江無限秋光猩紅染就楓林葉蕭〻古渡依〻流水斷霞明滅殘照當樓孤舟乍遠行人初別漸西風淒緊征鴻過盡青女也應啼血　悵隔天涯望眼瀉如花層〻開疊幾多春豔不堪回首霜悽露咽記得唐宮御溝題字重逢香篋想今呵遍寫秋林佳句有誰人拾

徵招　蜻蜓

水蓱花放秋江淨兩〻慣依漁艇戀日入餘光弄

平波清影欲棲仍不定似揀擇葦汀蒲徑裊裊當風釣竿絲軟偷立怎穩　又暗度危牆紅樓近有人畫欄獨凭驚砧杵殘聲點梧桐嫩暝幾回紗翅冷應愁絕露華金井堪憐處抱月孤叢青眼望夜永

綺羅香　詠浴

入秘辛中過重午後酉室斷無人處輕解蓮衣一霎非花非霧浸明玉終怯寒泉洗嫩杏難禁春雨寂憐他滴水如珠香肌膩滑不畱掐　浣宮往事

堪記賜餅金盈袖君王偷顧墜珥遺鈿總付軟紅
流去濯紈素粉汗餘波燒斷硯胭脂剩土待驪山
聽徹鈴聲研磨敲豔句

洞天春

紗廚扶上花影睡足雲鬟未整落絮遊絲破春暝
似夢中臨鏡　多情自是多病但說那人薄倖倦
眼波橫愁眉山重慵擡香頸

齊天樂　蟬

寓形宇內空如蛻蕭瑟更逢秋暮霽景澄鮮夕陽

冷落吸盡天邊風露調長聲苦和別館寒砧共成凄楚滿地霜華行人馬上試迴顧　悲吟似不成句料無腸可斷有恨如訴隋苑烔花漢家陵闕都付白楊枯樹移宮換羽又曳入高樓驚他思婦黃葉清江昨宵来夢處

夜行船

雪月梅花清冷瑞龍腦已銷金㽛數聲漁唱起汀洲正佳人翠樓初醒　惹瘦骨芳心成暗警迴眸處淚粧紅靚薄倖不来春漏永費尋思夢中情景

伊川令

流鶯幾點烟如織燕子嬌無力時節清明寒食馬上東風惻々欲陰未雨江國吹簫何處賣餳邨綠楊共春旗一色

蕃女怨

玉闗夢斷胭脂冷花冠不整湯拈簪聊插鬢江南紅杏龍沙萬里暮雲遮撥琵琶

又

戟門毳帳寬消處秋風夜雨罷吹笳慳飲乳年々

覊旅算来北向不如鴻過遼東

風中柳 繩伎

模樣堪憐做盡翻雲覆雨路傍花一叢無主綠么倒挂猶唱黄金縷笑東昏但誇蓮步 鬢亂釵横誰識那時心苦儘人看羞紅上嫵玉娥聽醒聽徹闌街鼓悄窺簾畫樓溪處

連理枝 弄船女

淺作彌伽坐半面嬌無那藕碧裙開茜紅襪縈纖纖鈎柂聽隅船舉棹唱新歌轉鶯聲低和 曾向

烟波大薄技難拋躲休説當年五湖春水西施一舸算行雲行雨不曾停巫山神似我

齊天樂 題仇英畫秘辛圖即括姁以詔書如瑩燕處一段

熹微日晷窗櫺挂照臉雪融霞射秋水澄波春山卷翠秀靨香領都雅閒情怎惹看骨肉停匀辟無瑕者試解雲鬟黝鬆可鑑散蘭麝　那堪又寬結束築脂刻玉奈火齊吐乍萌竹難推芳肌竟拊轉面淚盈盈下粟纖珠妊想足跗豐妍不曾纏也似振鸞簫萬年皇帝謝

瑞龍吟

凌波步行盡芳草池塘緑楊門户海棠一樹禁風春紅滿面嬌羞欲語　且須住默想箇人丰韻與花堪侶年年教占韶光三月二月嘲雲弄雨　怎奈芳時不永六朝金粉總歸塵土腸斷杜牧重來但存空樹雙雙燕子飛入隣家去湯回首叢篁曲榭繡苔香礎都是和伊處玉清也有相思部缺月重脩補騎鶴返依然芙蓉城主千秋一覺綃宮璇府

品令 鏡

玉匣凝秋水對形影看雙美塵心都洗素娥清淨廣寒宮裏試剪菱花一片碧湘無際 煙鬟雲髻空〻色原如此暫時聚首團圓嚲笑相憐有幾忍琢瑩氷更照鴛鴦春睡

乾隆丁亥浴佛前後日慶雲侍史手寫扵春雨樓重付剞劂計增七闋校正十一字

夢影詞卷下終

梅谷才大如海心泠如氷行止端潔顏有道者余初讀其艷句以為謹厚者亦復爾耶殆欲以宋廣平鐵石心腸不廢梅花一賦爲梅谷解嘲旣而恬吟再三則見其夢影鏡諸詠如老衲談禪信手拈来頭頭是道生查子拭翠更開奩春從天上来諸闋如漢濱遊女守禮貞潔凛不可犯和六一詞瑞鶴仙如歌白頭吟令人油然溪伉儷之情咏繩伎風中柳如披鄭俠圖令人惻然動飄零之感其他悲急景如聞雍門之琴訴離恨如聽陽關之笛一

字一句靡不纏綿悱惻初讀之嬉笑繼讀之悽惋欲絕涕泗交下益以艷色寫真情以真情涵至理筆墨之外別具騷人香草之思世尊拈花之旨即吾宣尼一言以蔽之曰思無邪亦必舉梅谷之詞歸之矣然則豈特非艷句之謂即以之嗣音雅樂追踪正始其可哉余故樂書其後俾後之讀梅谷詞者勿僅以秦七黃九浪賞也汝寧趙清碧

梅谷張卷

嘗讀梅谷詩歎其興趣遥深蕭然高舉求之古人未知可與誰比每當風清月白輒想見其為人後余讀書香露蕭寺適梅谷亦高踪偶寓徽覘其品概則唯焚香閉門危坐終日或憩蒲團揮白羽扇偕道人談清淨理吐納名雋語透宗旨間彈琴寫山水自娛饘粥隨山厨食甚鮮少懷抱夷曠風神蕭散行止興會去流俗都遠予益心儀其人遂締定交梅谷亦許予為清流恨相見晚爾後相思命駕輒過梅谷之廬去城殆八九里而遥郵徑迂廻

一水隔絶長松修竹碧梧翠柳撑天蔽日森欝聳茂環繞門巷有亭臺泉石之勝老梅數十本掩映溪谷雪後作花梅谷輙幅巾芒屨偃卧其下好事者至繪作圖屋外帶平田十餘畝室無長物耒耜圖書相間而已然則匪特梅谷之詩為古人之詩抑其人亦恍於衡門十畝間遇也予謂梅谷曰是足以老子矣梅谷傍皇久之忽慨然曰古之臧景雲棲者大抵時當昏墊以故匿跡銷聲入山唯恐不深一丘一壑适遂其魚鳥之性乃今　明天子

在上海宇清宴無干戈豺虎意外之虞乘長風破萬里浪名山大川奇峯秀壑抉剔幽奥是在今日安能待尚平婚嫁畢他時雖有勝情已乏濟勝之具不可悲夫于是梅谷遂浩然欲遊是行也必越通都大邑與名公卿大人接其勿溺於華膴失其故態以貽山靈羞非然則江山之陶助雲霞變化波濤浩渺發越其性靈一寄之激昂慷慨悲歌坐嘯之間不更如天際真人驂鸞駕鶴飛空絶跡邈不可攀耶於其行仍歌歸去来之辭以為别同里

頤介

乾隆玄默敦牂之歲余将賦壯遊擬刺十餘年来之詩質之海内名公巨卿偶憶漁洋山人池北偶談述耆舊續聞語云唐時凡士人謁前輩必投所業一卷或二卷而止但於詩賦古調中擇其冣精者行兩卷號曰雙行已謂多矣桑魏公維翰只行五賦裴説只行五言十九首至明年復行舊卷李相愚只行五首詩便取大名今人投贄詩文動以多々為善乃疥駱駝也余有鑒于山人此言故所録止此如謂以少許勝人多許則予滋愧矣梅谷

陸烜

梅谷行卷

平湖陸　烜子章著

梅谷探梅有作

仲冬梅始開相看如故友濕透青苙鞵不覺獨立久殘雪忽沾衣藤枝空在手於時微風生天淨無纖垢萬籟各蕭蕭流泉入谿口息心對明月塵慮空諸有久戀梅谷居此境庶不負君看麋鹿姿得終山林壽

梅谷再探梅作

幾日不窺園梅開已滿樹便有雙翠羽穿花自来
去啁啾有新聲入耳皆可慕萬物各欣然遇以達
我趣人生大化間畢竟此身寓奈何逆旅中轉思
恒久住来者日以新去者日以故達人任其運不
喜亦不懼春風泊然来開襟與之遇

梅谷早春

谷口偶行藥春禽無數聲石田初足雨凍土已新
耕淺〻泉争落離〻草乳生却憐遠山色一碧到
紫荆

湖上

端居寡所事湖上且行吟斜日映添水無窮芳樹林杏花歛暮雨楊柳帶春陰悵望平橋外羣峰烟靄深

題巽上人竹院

開士幽居處蕭條有此君烏棲深不見鐘度遠相聞入夏清陰密飛泉一逕分從知心寂淨麋鹿可同羣

山居秋夕

高齋一回坐爽氣溢幽襟竹外流泉瀉窓中明月陰平生戀丘壑徴尚愛山林忽聽氷絃響松風夜入琴

寄張浦山

柳菜蔽迴塘中有幽人宅不知夜来雨江水添幾尺散髮理輕絲釣魚坐盤石何日一尊酒同醉江上夕秋浦多蘆花范范涼月白

宿龍湫山寺

暮投龍湫山清淺龍湫水白龍隱何處雲霧尚騰

起海氣忽然腥涼雨時復止一鐙照寐滅僧窓聊

隠几

夜起

幽人愛良夜月出每孤起山靜無雜喧宛若生民

始殘雪擁蕭齋稍聞氷谷水呼童亟秉燭吾將照

梅蕊

泛舟西湖遂入山尋龍井

曉泛西湖水遥望東南峯雲樹相蔽虧山色開晴

濃捨筏遂登岸寂歷尋疎鐘一徑入幽僻藥花紛

蒙茸頗戀鳥雀語心怯虎豹踪已有真源水石瀨
泳淙淙路轉臨危壑整步躡飛虹居民八九家茅
屋依泉衡竹枝掛青旆賣酒留山農新茶帶雨摘
野碓傍雲舂遂造衆山麓龍井忽相逢一碧鑑毛
髮積翠清心容微茫浸冷月倒影看青松擬聽山
僧呪蜿蜒翔真龍

秋夜明秀亭

亂山環彩翠溪水瀉空碧獨坐明秀亭繁蛩響秋
夕蕭風吹微月竹露夜深白何處一聲鐘悵然越

鄉客

讓公禪房

雪銷松樹根泠〻響溪水夜来新月色且佳為佳
耳忽聞樵唱聲遠在寒炯裏

雪後山行

空山春尚淺殘雪壓梅蓝樵路不逢人杳〻清鐘
起

入山尋雪林上人

禪宮何處期山徑獨行時瀑水看春碓松林聞打

碑雲霞澄夕景草木澹春姿一片空明色將回叩導師

桐廬晚泊有懷馬恒錫

泊舟桐廬水杳々富春山風笛梅花外漁家柳葉間故人江海別客興鬢毛斑短札何由贈空看夕鳥還

春江觀打魚歌

春江桃花映水紅楊柳颯々来長風漁人網截三汊口亂船雜沓翩如鴻千人叫呼齊擊水一霎渾

欻風雨至大魚跳波出網飛小魚掉頭入泥滓挺
乂蕩槳擊大魚矯捷偏憐二童子須臾提網衆網
集金鱗閃爍腥風襲鰻鯇崛強猶振尾魴鯽卧船
吐殘濕魚苗如蠅複如蠶可憐堆積亦滿籃嗟我
此輩唯愛錢偃蹇物命遠其天釋者放生吾不取
数罟有禁仍宜宣吾徒作歌々此篇倏然江靜波
濤閒驚飛鷗鳥仍来還

青溪獨酌

空山碧水流明月長江秋獨酌蘭陵酒天邊風露

樓

送林虎變出塞

不盡一樽酒離亭惜暫歡馬嘶西日落雁度北風寒虜騎猶驕塞将軍正築壇知君携寶劍應為斬樓蘭

竺秀才至

門臨泒水開一徑闢蒿萊落日青松下相看君獨来談詩催短鬢擊劍助深杯太息關山北長征殊未回

送友人歸商丘

商丘一畝宅自卜蝸牛廬枕席看芒碭漁樵老孟
諸無嗟青鬢改遥羨白雲踈若問玄虚理蒙莊有
故居

古意

車輪生角馬蹄穿昨夜郎来同妾眠今日相逢洛
陽客又贈七寶黄金鞭

古盎齋觀畫各題絶句

賈策斑竹

賈生寫斑竹葉〻瀟湘心如此寮蕭影試敎猿夜吟

仇英離宮秋曉

棄置悲團扇君恩難再得曉看芙蓉花一片清霜色

宋旭千巖競秀圖

君未到山陰未識山陰趣零落數峯中是儂舊遊處

亡名氏畫

春樹無雜花野竹迸新筍行人去十里青山勢猶引

姚綬畫

暗樹涼風起滄江黄葉飛漁人迴極浦逆浪打頭歸

耶律履秋原牧馬圖

一一皆神駿秋原獨散閒會須勤汗血嘶度玉門關

倪瓚畫

倪迂本高潔絃獨逞雄放盡驅萬壑雲寫此生綃上

璩之璞畫

竹冷出溪煙沙暗聞人語隔浦斷雲生吹来數點雨

上官伯遠背面美人圖

由来怨春色不忍看春花背立珠簾下風吹羅帶斜

呂紀寫逋仙詩意

微茫煙景昏落月在林園白鶴忽長唳梅花何處邨

沈周畫

沈生筆妙耳天下殆無此聞說匡廬山峯巒正相似

李著采蓮圖

盈盈十五女各棹蓮舟去共入荷花中清歌不知處

范暹畫

香蒲緑堪把莎草平如翦一雙紅鸂鶒對浴水清淺

煙暝聽山狖沙寒聞曙雞瀟湘一夜雪已壓釣船低

吴梅山瀟湘雪景

幽人猶未眠雪屋流清徵深林明月光已照寒潭水

文與也清琴冷月

月夜震澤臨眺

震澤逢新月依依牛斗間蒼黄秋一樹素白夜千山逸響清砧發浮空疊浪閒亂帆停客舫織火閑漁關葉脫潛蛟浦沙明落雁灣臨流玩未足霜重不知還

少年行

黄金絡馬紫氍毹身手凌競膽氣麤笑擲月支頭飲罷咸陽大道酒家胡

長安陌上踏歌行處處垂楊夾路明瞥見青樓立紅粉故抛金彈打流鶯

頤子自號竹窓兼工寫竹以詩贈之

頤子胸懷不諧俗幽窓唯愛數竿竹厨中往往爨烟絕風雨瀟瀟掩茅屋有時磅礴竹林下十丈雲牋恣揮寫花鳥草蟲無不工尤與此君臭味同蕭踈執筆偶貌得却令真竹無顏色垂烟滴露各有態側立瀟湘一片石艷陽三月春桃李花繽紛參差照路傍見者羨殺人君乃不以彼易此虛心直節都相似自甘鼓枻雜漁人不願揺鞭見天子龍頭水嶺上雲世事浮沉勿復云寧使終身坎軻餓

死填溝壑何可一日無此君
久不得趙見泉消息書来云在廣陵將發潯
陽賦此却寄
天涯書札故人存知在淮南雪後邨欲贈梅花無
驛使獨看芳草憶王孫孤帆遠逐清江水春色依
然白下門興發庾公樓上月遥憐高詠更消䰟
贈馬睫巢
吾憐睫巢子得失不攖懷愛酒長康亞清談典午
儕青松宜短壑落葉響高齋一勺芙蕖水長年故

繞階

秋夜對月有懷友人客楚

松林明月光滿目對清凉自愜山齋興渾忘秋夜長暗蟲吟戸牖重露濕衣裳忽聽南征雁雙飛入武昌

梅谷閒居承江秀才見訊有答

窮巷無来轍蒿藜一徑深未成作吏想已有住山心積翠浮朝酌飛泉入夜琴謬承單簡問書此謝知音

送孫景燧之長葛

送君京洛去會面杳無期落日征途遠江風別恨

滃雲光開竹樹水色淨鸕鷀若過伊川北蕭脩楊

柳枝

漢陽歌寄周尺木

漢陽山頭猿狖鳴漢陽城下竹枝聲使君置酒瀟

江水明月滿帆宜夜行

擬凱歌

萬里河源西出師長安猶未識旌旗隔年書奏甘

泉殿已報前鋒破郅支

燕山勒石振天聲簫鼓喧闐驃騎營夜半龍堆沙
上望遥憐北斗近　皇城

不用移兵向朔方何須遣戍備漁陽千秋絶漠風
塵色一統中華日月光

江上即事遣興

江界多爽籟落日恣歡顏偶隨樵父去却趂漁舟
還孤帆飛鳥外烟火蘆洲間九峯聳遥秀尚想日
躋攀三泖水清泚垂釣心亦閒生事且已矣長揖

歸雲山

古錢歌贈劉墨莊

有客示我錢數十瑇瑁斑駁珊瑚赤入手冷然握
冰雪落地無聲起鐵石依稀一刀五銖字城郭蒼
茫人代異只愁化蝶虗空飛已有青衣夜深至嗟
君寶此亦奚為萬卷圖書不救飢俗人好今不好
古入市笑殺屠沽兒何如竟作守錢虜綺閣瓊筵
沸歌舞不然杖頭行掛錢角巾潦倒春風前當壚
笑就胡姬飲便醉長安市上眠

寒夜得故人書

誰憐卧病客永夜尚微吟寒月明諸嶺霜風度一琴故人江上去獨寄隴頭音思爾不能見空庭積雪深

江干

隴上行人斷江干落日遲寒梅斜照水衰柳卧生枝白鳥偶然至青山無盡時相看一漁父倚棹欲何之

海月亭眺海

城邊孤亭小於甕游目萬里秋毫洞大海波濤汩我心小視人吞穀雲夢三山縹緲不可期滄溟東派無盡時秦皇漢武坐消歇日暮秋原畫角吹

鶴湖歸舟

高枕棹歌聲船窗雪月明推篷戀清景忽憶剡溪行

送司馬子虛入山兼寄山中諸友

夫君耽隱遯別我向紫關求仲幽棲近仙蹤或往還彈琴面流水把酒對青山預想巖居勝清風不

可攀

贈劉山人

山人高隱處竹屋倚空岀白髮今如許清風自不凡石泉流澗壑暝色下松杉終歲耽幽静蓬蒿殊未芟

冬夜待客

薄酒不成醉孤館坐清絶夜来林谷寒松枝落殘雪鑪香空復温琴絃凍屢折佳人期未來悵此一瓢設

梅谷閒居有懷頤介

幅巾芒草屨日暮隱柴荆倚杖看流水臨風懷友生春光梅始發晚景雪初晴擬約清泠子同來翫月行

顧竹窓至相與溪上翫月

梅花臨野水窈窕一川明隱隱遥山接蕭蕭斷雁鳴美人雪後至携手月中行漸覺春寒重霜華衣袂生

讀漁洋山人詩

山人烟霞姿立朝偶然耳游戲仙佛間妙法喻一
指數擬蘇州詩徵尚輞川子水經悦性情班馬窺
根底讀書破萬卷下筆去渣滓空花絶浮艷水月
凝清泚入蜀師少陵縱横遂無比談笑傾公卿拂
拭及下士片長苟足取當君青眼視滅景依山林
大隱在朝市淡泊佐　明王猶能照青史斯人惜
已遥吾生嗟後死不然當把臂共釣五湖水

梅谷於詩詣力殊邃多師爲師不名一體今則有契于嚴滄浪論詩羚羊掛角無跡可求之旨截然以盛唐爲宗錄此卷時輒自矜貴取等身之草刪存百一雋永高妙吾不敢謂便埒唐賢亦當遂與明徐昌穀邊華泉高子業輩爭勝毫釐今世詩人未之或先試以質之海内名公鉅卿當必有知言者一言爲智僕不至阿所好也若梅谷之人不盡於詩則顧子竹窻之序在竹窻亦獨行好古之士以視梅谷如裴之於王云苕溪袁杇王象儀書後

時年七十有五

吳興遊草

吴興遊草

平湖陸　烜梅谷

晚泊潯溪

亂流逕落片帆斜楊柳溪亭月照沙醉欵南潯一尊酒垂虹春色對吴娃

過昇山

客路逢新霽明霞向晚看波光浮彩翠竹色入峯巒不惜清尊倒其如玉笛殘秉風懷釣侶鷗鷺滿前灘

荆溪

暮天何處笛清切遠相聞山色皆臨水春流半是雲幽懷期獨往失路悵離羣不見吴均宅荆溪幾派分

蔣貴涇浦

放舟貴涇浦半日吴興程隱〻帆檣影潺〻風水聲岍痕欲過柳山色不離城細雨輕鷗外漁歌空我情

霅川臨汎

日暮蘋風起悠ゝ千載思昔賢長已矣逝者復如斯四水交流處羣峯返照時豁光亭上酒惆悵獨来持

霅溪館前作

霅溪館前天下稀千峰翠色染人衣漁歌慣逐蘋風起畫艇長隨水鶴飛碧浪沉ゝ遶煙樹夕陽樓閣花深處銀鞍挾彈射生郎茜韉臨磯浣紗女誰家吹笛向殘春却令過客淚沾巾相思六代繁華歇日暮江南愁殺人

晚泊顯山貽陳朗

羣峰望已暝煙榜逗溪葦霅川連峴首一夜響風水夢覺鷗波寬窓明山月起獨枕聽漁歌因悲宦游子

登峴山飲窪尊亭

移棹進蘇灣杖策登峴首坡陁平逶迤滌石聚清瀏瀾遍苔蘚侵青碧尊卣壽窪潭形正方大可容數斗傳聞李適之遊藏注以酒復聞顏尚書銜盃會羣友我來訪遺跡慷慨歌擊缶人生雖行樂貴

居天下後政清物惟和良時紓組綬湖俗近凋殘十室空八九今春水漂麦去夏旱生莠蘖棄苦終歲攬衣或露肘征稅迫火煎膏血盡南畝農多失業丁野有行乞婦山水徒清嘉春風自花柳臨觴忽不御三歎復緘口

望弁山

出郭尋春色苕溪曉漲前高峰一片雨斜日半林烟谷轉憐幽鳥巖棲憶昔賢山為葉夢得故居石林玉澗皆在其處吳興如卜築應買弁陽田

遊法華寺登望湖亭

寺門深隱萬松株一徑陰沉鳥雀呼飛瀑響中幽磬落亂峯缺處小亭孤千尋雲氣連蒼弁幾曲春流入太湖亦擬高風追逸少談玄與客共傾壺

下山項王飲馬池

高弁蒼蒼闢天語傳是項王避仇處尚留飲馬之名池鐵色寒光照秋樹當時已學萬人敵叱咤風雲皆變色會稽東巡偶妄言歸来縶馬仍接跕溪宮掟指鹿為馬先即制人後人下鉅鹿一戰已無

秦鴻溝中分遂成覇胡然楚歌四面起時不利兮騅不逝七十餘戰空驍騰一叱猶摧赤泉騎英雄愛馬過美人棄虞託馬何慇懃英雄愛馬更過身步行而前斂漢軍千金賞萬戸邑頭可斷馬須活回憶當年飲馬日酒酣拔劒青山埼馬無汗血人無創莎草春風自蹄齧英雄未遇都如此芒碭雲中有天子

黄龍洞

一徑穉松青萬樹斜陽照到懸崖處怪石嵯岈森

若人跡花蘚歷開無土古洞對面不能識踐苔攀葛洞始出鋸斧琢削非人工直下千尺藏蛟龍風雨往〻露頭角河伯夜吼山鬼笑横絕古今空駭目側身天地此投足上臨一峯復高聳雲氣壓山山欲動陰濃細樹緣其巔傑筆冊青寫闢隴山鳥啄沙落衣襟境清過僻愁人心徑歸却望太湖水七十二峯生夕陰

苕溪道中

苕溪連峴首山翠曲相通釣艇蘋香裏人家菰葉

中錦機臨碧石樵唱入清風自得煙波趣心將魚鳥同

渡苕溪望西塞山

苕溪春水碧孤棹坐看山忽憶玄真子浮家於此間不知煙浪裏已過釣魚灣日暮歌漁父清風何處攀

長興懷陳青柯朱靜林

春殘猶及見藤花踏閣攀林興未賒上下箸傾桒落酒東西嶰試雨前茶清風入夢懷羣屐明月為

燈故一家莫漫乘潮傳尺素鯉魚無力到　京華

贈何山隱者

之子貧居久烟霞絕世情敲棋山月落洗藥石泉清欲以殘生事相將同耦耕源深雞犬遠何處卜祡荆

次安吉

漁樵夙有願水竹自成隣白社逃名地青山獨往人試茶羅嶰雨沽酒箬溪春欲問殘生事彌年一釣綸

銀山小市

巳拋竹筏換苕鞵山市迥遶石徑斜一路谿聲流斷梗幾家松火焙新茶小亭如龕樵停擔明月窺簾女績麻不信此間風景别渡頭春盡尚桃花

宿章渡

烟水空明薄靄收津亭人静夜維舟松林一路春沙滑月照青山古埠頭

山行

不識山中路但随樵徑去谷口有遺薪樵人不知

處

岐路帳難前振衣方四顧忽聽樵斧聲丁〻在烟

樹

入武康

片〻飛帆下夕陽春風醉酒鮆魚香竭来謝客登

臨處一路青山入武康

餘英嶺下水平隄銅峴山頭日正西莫唱南朝梟

怨曲鵁鶄鸂鶒滿前溪

前溪是南朝教舞處

誰傳急雪與迴風金粉飄零往事空只有梔花明鏡裏春来猶學舞衣紅

烏程舟中即目寫山水一幅復繫此詩

數峯清影落溪潭樹色迷離烟雨叅邨舍逞々人𥨊々好風景裏夢江南

太湖口

清苕接天目宛轉太湖通不見鴟夷子長懷棄学翁扁舟欲乘興吹笛向遥空縹緲峰頭月煙波處處同

重過西塞

箬笠何人唱竹枝一竿心事白鷗知扁舟西塞山前過又是斜風細雨時

渡玉湖

孤棹五湖還熛波復此間藕田皆浸水桒隴不離山暮雨冥帆重春沙白鷺閙欲尋人逕宿炊火近漁關

寶溪歸舟

道場山擬月明登高詠浮圖最上層不道寶溪炯

雨裏醉和殘夢過吳興

記遊苕霅之間

乾隆己丑三月余以家人病累々長女病沒幽憂不得志咯血數口乃思非佳山水不足以洗滌腸胃開漱鬱結遂放舟為苕霅遊十七日抵南潯渡垂虹橋買酒飲甚甘美醉卧篷窓月色如晝十八日取道昇山達寶溪吳興諸山漸刺人眼桃花落而葭葦生水鳥浴而儵魚游烟霏黛歛沙明川暗舟行若圖繪已而雲氣乍合天將作雨道場車盖

蒼弁諸山或露其頂或露其背淡糚濃抹争妍獻媚而陂田桑疇中人家隱隱若櫛比炊烟一縷或與孤帆相映帶平莎遠樹雖輕陰迴合洞數十里不隔清遠之趣真甲天下矣其漁父或守斷或打網或放鸕鷀或牽罾皆各有閒意牧童兩兩中披蓑横坐牛背呼牛聲宛轉高下如歌甚可聽既而塔影在望州城漸近余畏喧怕入城乃命舟人揮篙中流沽酒而飲飲而卧擬以明日為登山計或曰前日之夕此地有刧舟殺人者余笑曰彼皆載寳

者爾若余唯一擔書倘遇暴客但拱手聽之人無害歟心歟亦不害人天下事大抵皆然也

登峴山記

吴興多水多山而鮮平地其近州城而可遊者為峴山山於諸山為最小然登臨一覽清遠之趣逼人胥宇山趾浸碧浪湖循坡陀而上怪石林總一潭正方可容數斗酒曰窪尊唐李適之嘗建亭其上而顏真卿與諸公聯句者也再上為浮碧亭登亭而眺則弁蒼諸山左右起伏迴環隱現明麗如

畫萬家炊烟與白雲俱流縈青繚白於長松遠樹之巔俯而視則沙渚廻汀估帆漁網與浴鷺眠鷗分占煙浪茭葦叢翠中有石隱隱若渡水牛為浮玉於時天澄景清風恬浪平湖山之勝將移我情乃呼酒痛飲盡數觥而下

遊法華山記

出湖州北門行二里苕溪之水自北流趨太湖流甚駛望弁山高切雲際如披絮帽志云非晴天霽日稀見其頂信也乃由西北行過龍山達弁之

背是為法華山有小溪聲潺々如鐺釜茶熟時新雨初霽桒疇皆膩綠如羅綺遂捨舟扙策行一路皆大松欝盤陰森蔽日抵法華寺々僧方集早飯齋鼓殷半山如雷其右叢竹交翠中聳一亭是名曰望湖登之則太湖如帶東天外微茫幽峭萬象冥合翔鷹宿鷺壽藤秀木一覽畢倫欲窮山之高僧以道棧為言遂由樵徑尋黃龍洞去

遊玲瓏山黃龍洞記

黃龍洞在弁山之陽玲瓏山之東北隅吳興諸山

大都多清濃平遠獨此磊〻多巨石望之若巖扉中開乃由右行二里許則怪石壁立人行石罅間殆猶蟻之緣樹皮趨而北為黃龍洞〻形如凹直下無底洞中石如鋸如削如斧神魄飛越不能久視下有崢嶸之聲相應不絕或者以為龍吟也溪山大澤實生龍蛇斯或不安洞上臨巨峯草樹緣之杳莫知其巔白雲自流山若搖動有異鳥啄沙墜樹葉若數點雨聲乃披草而坐仰眺奇特俯察幽阻忽不知在人世而又以想昔蘇子瞻曾遊此

不知作何興會欲登問水亭以日暮不果然太湖七十二峯已在歸途夕照中矣同遊者爲吾弟奎照僕徐榮從

吳興遊草終

旌德湯良士鐫

隴頭芻語

隴頭芻語

耕與樵皆勞力惟牧乃有餘暇青莎一片地時與友人坐而閒談敢云芻蕘一得聊以當隴頭懽笑之資云爾胥山農陸烜識

或問陽明先生與吾家稼書公優劣余曰末學豈能測識大段學問自須一步一步做去陽明天資高朗便見得到以爲人皆若是遂以良知爲教近禪家頓悟之學稼書公駁之極是然見得到亦大難事聖門自有兩種人陽明如狂稼書

如猶使聖人而在當各有取

愚好禅而惡佛夫所謂禅者千言萬語不過曰悟而已矣如夫子所謂舉一反三聞一知十皆悟也所謂一者是實所謂三與十皆在於虚古今聰明愚鈍人于此中争許多高下分寸天下事何一不從悟得哉但吾儒之所謂悟者憑實以悟虚佛氏之所謂悟者則求之虚虚空空冥冥默默耳仔細想来究竟虚處如何悟得

老氏之教以清静自然為宗若吾孔子曰大道之

行也天下為公選賢與能講信脩睦故人不獨親其親不獨子其子使老有所終壯有所用幼有所長矜寡孤獨廢疾者皆有所養男有分女有歸貨惡其棄於地也不必藏於已力惡其不出於身也不必為已是故謀閉而不興盜竊亂賊而不作故外戶而不閉是謂大同當此之時上則垂衣裳而天下治下則不識不知順帝之則是即老氏之旨也後此民偽日滋變故百出聖人於此大有旋乾轉坤手段一部周官周禮

之書補偏救敗煞具苦心則非老氏之所知也而猶議聖人制作之多事曰剖斗折衡而民不爭是原其始而不知其終者也譬如嬰兒初生混沌元氣饑與之食寒與之衣便自懽愉後此知識漸開嗜欲多端恐非僅衣食之所能囿其志苟不納於小學之中教以弟子之職其不至倍禮而叛道者鮮矣

凡事必有初中終老之理在初譬如人胎育嬰孩混沌未鑿儒則如強壯之年血脉充實萬事可

為佛則如衰年殘息死後餘魂回首世間空諸所有譬如一日老如日出東方蒼蒼凉凉儒則紅日當中麗景萬象佛如日入餘光渺渺冥冥故上古鴻荒之世其象如日初出其民不識不知如胎育嬰孩其政無為而治似老中古堯舜禹湯文武之御極也如日正中如人強壯萬事敢為食足而教脩禮明而樂備此吾儒極盛之治也今而後更千萬年則如日將入如人將衰老其教當漸入佛趣中此一元所統初中終必

然之勢也然則雖聖人亦無如之何乎曰否觀於漢文用黃老而天下治倘用儒術有不大且遠哉人為三才之中參天地贊化育雖中天景運必有可復此必然之理也

孔子曰性相近也習相遠也又曰唯上智與下愚不移則是性未必皆善矣孟子曰人性皆善後儒于此欲彌縫孔孟遂有義理氣質之分不知既分義理氣質便已有性善有不善矣孟子之言大抵多矯時之弊此言亦為有託於性有不

善而自暴自棄者發若論性之本来夫子兩言
固已明白直截此外不煩多贅一語
論語是聖人教人之言在聖學中猶為淺近聖人
精微之學在周易聖人治世大權在大學聖人
全體大用在中庸宋儒表彰二書是宋儒第一
大功
讀中庸卒章到不賞而民勸不怒而民威於斧鉞
上天之載無聲無臭此是內聖外王極躊躇滿
志處老子所云我無為而民自化我好靜而民

自正我無事而民自富我無欲而民自樸生而不有為而不恃長而不宰是謂玄德同歸一源無毫髮異此堯舜垂衣裳而天下治庶幾近之然當時猶有僉壬四凶猶未到十分處故孔子有大道之行也一慨然聖人做到此境有許多條理節目始終本末神聖相繼百年必世而後能之不是老子剖斗折衡也若剖斗折衡其勢必不能治無禮樂以導其先則必以刑法懲其後不流于申韓殘忍不止矣

老子之弊只在中間毀棄一切若其語道之大原而歸于至極雖千聖不易故孟子力拒楊墨而無一言及老子夫子明曰竊比於我老彭則亦不以其述作為非矣奈何世儒攻其絕仁棄義并攻其道德之精微也將遷怒耶抑黑白不辨耶

佛於福田利益蠹國病民上其害猶淺唯禪機活脫中於君心則其禍有不可勝言矣余別有論說

人心風俗太上尚道德其次尚禮義廉恥其次尚名節至於尚勢利而世變為已亟矣勢與利又自不同若明季士大夫大抵尚勢而明隨以亡吁可歎也

一家之人倘强分畛域則必不能和王者以天下為一家亦猶是爾

宋李清臣論隋文帝不用王道純用吏治且曰無禮義以維持其政無忠信以固結其臣教化不足以導其民紀綱不足以防其後一切以辦數

勤察為能處三王之位而卑卑為任智數數文法此特吏才之尤者耳非王者為也此等語是千古名言

昔子華氏有三樂夫子美其善尋樂者余別作三樂想自古治日少而亂日多而余得生于太平之世此一樂也蠻夷荒服羶腥不毛之地亦有居民而余得生於江浙文明之地此二樂也江浙之民蚩蚩者目不識丁無異盲瞽而余得膺父師之教稍讀書識字此三樂也余以此三樂

聊破世人紆青領紫堆金積玉之樂若春風沂水中有曾點之樂簞瓢陋巷中有顔子之樂疏水曲肱中有夫子之樂則余猶望道未見樂天知命庶幾勉之

世人每喜樂而惡憂欲求長樂而無憂則必慕富貴而厭貧賤不知七情吾所自有者也大則一生互見小則一日迭起外来者特寓焉耳故雖天子必有憂雖乞丐必有樂特道心勝則樂多而憂少世情勝則憂多而樂少

吾生之初本無名也夫名者不過適然以一字二字為吾名耳夫此一字二字豈必其果為吾乎世人之營營於求名亦愚矣然則著書立言其亦可以已耶曰非也夫著書立言乃吾心精靈所寓也如果有精理妙蘊則雖其人與骨皆已朽而此心之精靈自不可磨滅千古相印者一心耳豈唯名哉

自毛西河以人聲論樂古樂于是而存古聲亦于是而亡矣夫其謂四上尺工六即宮商角徵羽

也凡乙即變宮變徵也高字即清聲合清聲而即為六律六呂也此直抉千古之疑先儒所不敢道而西河能道之以人聲無分今古也此古樂之賴以存者也然聲之在天地間自蚊蚋以至雷霆其中高下等級懸殊即以為一千八律可而人聲所可歌者則約有六十律古人於人聲可歌中用其高者大者故鐘磬之宏遠不如今之方響也琴瑟之絃巨而和緩不如今之琵琶箏阮也管籥之圍寬不如今之簫笛也故君

子聽之而和平之心生焉若便舉今日之樂制以當之則今日下里之聲大都在五降以後急微噍殺之聲皆以爲古樂矣故曰古聲亦於是而亾也

今人先不辨音聲字音處實地聲處虛位音屬陽聲屬陰音之有聲猶形之有影

今人論聲又誤認低爲高細爲大吹倒吸氣其聲甚響却低而細擊銅鉦雖輕猶高大也如今人合曲倘純任清聲用高仜高伬字雖至峻歌喉

每不能及以為高不可及耳不知此正其細已甚低不可及也謂人聲至此而已竭也（此下自鳥啼蟬噪以至蚊蚋）

樂聲之細小者易和高大者難和器無大小皆具一宮商角徵羽試之方響則人皆能辨徵諸鐘磬則瞠不解矣故小樂之和一樂工事大樂之和必歸諸聖人

貧賤富貴窮通得失橫逆非意一切事變之來紛差不齊而人之爭競起矣抑思黃鍾為萬事根

本何以律經聲緯體十用九之難準也管貟兮方旋宮環轉乘除規圓之難調也正變全半子倍之交用本末長短相生之互見也其參差不齊者理固然也蓋周天三百六十五度四分度之一天何不三百六十五度之準而必留此四分度之一以待人推測也天亦難逃於黃鐘旋轉之數也故置閏即律之不齊也變宮變徵也然則貧賤富貴窮通得失橫逆非意一切事變之來參差不齊常也非變也故明于樂則不競

作文須移步換形不可一副筆墨如尚書典謨訓命神聖相對文皆高華典貴降而殷盤周誥則欲使賢愚共喻自不得不呶呶唧唧今之所見為詰曲聱牙皆古人雜以當時語也後人不明體製一概為深晦典麗豈文也哉知此則朱子古文易讀今文難讀之疑并可釋然

古人文疎處難學

四六之文多在影響之間大約其德不可稱而必欲稱之其事不足述而必欲述之則舍此體其

誰

作文不可任筆所至為害道之論以悞後人

經史子集習之自有序文章從經入則理醇而文粹足以載道若不深于經而熟於史則才橫而文剽不深於經而熟於子則意精而文駁不深於經而熟於集則氣弱而文庸

作文必有一段議論鬱積於胸中如百草欲發然後下筆自佳若吾本無文狥人作記作序非乎庸無味即害理傷道多有

昔人謂韓文無一字無来處柳文無兩字無来處余則以為特論来處好耳若令人滿口之乎者也何嘗是母腹中帶来特来處不好耳故文貴汲古

古人於祖父母父母諱避之極嚴令人則全不知避愚竊以為臨文不諱中亦自有辨如作文衞道著書垂教安得以避諱而害理其他小小詩歌安得以佳句而犯諱

詩以道性情憂愁愉樂不可强也唐以後詩大率

為事所牽題所使耳惟陶淵明韋蘇州庶幾得性情之正其他如杜老之憂時雖發於性情而已為變矣

言為心聲故寫懷送抱要與簞瓢陋巷春風沂水人一鼻孔出氣然又不可流入轝壤一派此中必須得孔顔真樂運陶韋深情乃得

古詩自漢魏以来至陶謝遂分兩源唐詩人多宗謝學陶者僅韋柳一二人耳

詩有淺語自深如謝康樂池塘生春草是也有求

深反淺如賈島獨行潭底影數息樹邊身自謂
三年得之者也

詩有實景有虛景有真情有假情只知真實一路不知虛假一路于最上乘終未夢見所謂假情如言清愁乃正是懽愉之類熟讀盛唐人詩自見

詩猶書也正書中偶見隸體律詩中時出古意皆佳反是則不可

嚴滄浪借禪論詩反覆開譬曲暢其說讀之神超形越誠古今極致也然其自作詩殊不逮若盛

唐諸公則又都無論說請於此進一解曰滄浪未離言說夫至者得之於心不能喻之於口纔有說話便落言筌世尊拈花迦葉微笑解人不當如是耶

語云詩有別才酒有別腸嘗見有一滴入口即醉者可斷其人終身不能飲夫詩亦有然者

詩語可入畫妙矣寫難狀之景畫所不能到乃為神句

詩貴有餘味昔人所謂文外獨絕若意非不佳語

非不工明白說盡亦是一病今姑舉最妙數章言之如後人誤入陶集問来使一篇云爾從山中来早晚發天目我屋南山下今生幾叢菊薔薇葉已抽秋蘭氣當馥歸去来山中山中酒應熟孟浩然春曉云春眠不覺曉處處聞啼鳥夜来風雨聲花落知多少柳子厚江雪云千山鳥飛絶萬徑人跡滅孤舟蓑笠翁獨釣寒江雪右詩皆極妙然終非最上乘若裴王輞川韋蘇州寄全椒道士等作何嘗不明白顯亮却語語是

透徹之悟此故故當領取意表

逸少書如黃庭樂毅其字體結構固臻神妙然如子昂輩精詣之作尚能逼真至其章法參差動宕渾然天成後人從何處着筆夫詩亦然一語兩語何嘗不可追蹤盛唐須玩其通首神韻天然不可湊泊處

昔有善相者人求其術云須黑夜能分別五色線然後可望氣色讀古人詩辨其風格氣韻當具此隻眼

學詩須有識力學盛唐詩尤貴有識識見既定稍肆力為之便是稍過便鑿混沌死

盛唐人亦自不同如學杜少陵當用十二分力

盛唐人詩有活潑之趣中唐人佳處不乏大段落筆便覺板重

學盛唐詩當專學盛唐不可泛及他家鮮有不被其勾引者姑舉其大概如昌黎之雄傑郊島之幽峭長吉之奇艶温李之綺麗東坡之浩蕩山谷之刻削放翁之恬淡誠齋之自如皆千古奇

作皆能移人之情令人不終其為盛唐
學盛唐詩於泛濫諸家若曾用力後嗜之尤篤則
真嗜之矣譬如遍嘗珍錯乃始覺家常菽粟之
淡而彌旨也
陸士衡顏延之之詩一時羣推後之論者乃有違
言今反覆觀之動目處絕少果覺名過其實蓋
二公俱以華藻勝爾時文體初開斯製殊寡宜
其騰聲藝苑然風華日增人心愈巧昔之所見
為新奇者今且見為陳腐矣唯左太冲阮嗣宗

華以渾顥古穆之氣勝人則終不可及耳然則務為新奇者宜知所變計矣

後人學陶詩者韋蘇州得其清閒蕭散處柳柳州得其枯淡潔淨處明錢秉澄歸子慕得其真率自然處至其老朴古厚處則終不可及耳其他如江文通擬作如出一手儲王佳趣天然時得一二其他雖才如樂天東坡吾無取焉爾

徐師川言人言韋蘇州詩只賞其古淡不知杜少陵以来詩格盡癈惟蘇州猶存六朝風致最為

流麗余謂古淡流麗原不相妨且惟古淡乃能
流麗如褚河南書法時出隸體寂為古淡却最
流麗
看詩如看畫晚唐詩如李思訓鈎勒任指一處皆
佳若北苑巨然輩煙雲滿紙峯巒迴環使掩其
全體露觀一處但見為墨瀋所漬復成畫耶今
人讀盛唐詩摘其某句不工某字欠妥皆潑墨
山水掩觀一處者也
盛唐人極自然之作未有不從刻苦而得但寫出

祇覺其自然耳若一味于自然上求詩高則樂天放翁次則誠齋鐵崖斷不能窺最上乘也若一意刻苦日鍛月鍊必至郊寒島瘦甚者或入方虛谷魔趣中此中恰好處要理會

子曰再斯可矣是亦作詩之法

作詩要有興趣不可不痛不癢

作詩不過自寫其胸中性靈耳不可存討好別人想

七言靡於五言風氣亦以漸開五言律陳隋固已

逗漏初唐音節未諧至盛唐而已極其盛七律始于唐初盛唐人之七律猶初唐人之五律也蹊徑尚多變化殊寡若杜老之豪放又非本色當行至中唐如劉文房皇甫茂政諸人乃始開闔動宕極詩天子之樂李于鱗專取王維李頎高則高矣其如隘何

李于鱗七律如懷子相送皇甫別駕往開州平涼等作終覺高不可及盛唐而後絕無僅有然多閱數章便覺雷同刻鵠誠有如錢受之之所呵

者正以取境太隘故也然正惟專精乃成至美只取數章吾固知其傳之終古山河有替日月常新彼蚩蚩者所謂雖多亦奚以為

宋人詩話有神解處有魔障處須作青白眼觀

明人論詩極好攻擊殊失詩人和平忠厚之心愚以為朱陸異同猶且不必況其在詞章之末乎

老去漸於詩律細細字須玩非謂老筆可草率而成也若功力未至杜甫厭棄刻苦專趨自然則反不如少年用意之作　本朝若汪鈍翁查悔

餘是也

或謂文人有口無心故香奩無題等詩皆不可廢余曰僕少時亦喜爲之然終非由衷之言不過爭妍競美以悅耳目爾夫奇技淫巧先王有禁况文詞哉

欲詩之工用力須在平日窮義理以正其識遊山林以養其趣多讀書以充其學比觸景生情矢口而就自然質慤有味所謂天籟也若臨時組織華巧太過則人工勝而天味減

詩亦有獅子搏象用全力處然終歸於自然

詞何以為詩之餘哉吾儕拈三寸弱管目想心遊靡所不至有偎褻語有瑣碎語有誕妄語是皆不可入詩不可入而又不忍竟棄則有倚聲在故詩如松柏之姿詞如桃杏之色詩貴沉着痛快力透紙背詞貴筆不着紙冷然風飛温李為詩教之靡蘇辛為詞林之變比而同之此其蔽也然古來嫻聲韻者其詩筆每纖弱而輕揚高格律者其詞章每麤豪而質實求其一手二枝

生枯俱下非心空無物具許大神通者不足以語此乃或者專心風雅斥遠浮艷高則高矣請但栽松栢勿栽桃杏也古人倚聲不入集中意原如此

凡事必溯其源詞始於陳隋其用意尖纖其措辭哀艷其音節短促昔在春秋則鄭聲淫其去鄭聲又不知其幾矣然情之一字無分今古情之所鍾正在吾輩則酒邊花下病餘枕上或可偶一為之期於好色不靡言情不穢已耳若欲執是以嗣音雅樂追踪正始是猶循納粟應舉而

欲復周禮周官之治也立論高而真詞亦亡

老僧四壁畫西廂悟處乃在臨去秋波那一轉詞要處處識得此意

詞語要極渾成極自如雖不識腔人讀之皆鏗金戛玉欲斷自斷為妙若粘皮帶骨拖泥帶水必須按譜推尋便非極致

詞以新艷設色易清思臬空難然清思臬空却易淺俗逗漏度曲家風故為柳屯田難於秦李而格終卑于秦李若蘇東坡辛稼軒以清思盤硬

句又非詞家本色

昔沈石田臨摹古畫俱肖獨雲林不似論者謂老筆過之也此語極有味夫詞有小兒女所為往往可歌可誦而老師宿學矜才使氣反出其下此無他老筆過之也故詞語宜輕不宜重宜嫩不宜老或曰嫩可以為訓乎余曰獨詞則可時花美女又焉用老

好色不淫此中界限劃然如金釵欲醉座添香如酒入香腮紅一抹如照水有情聊整鬢倚欄無

緒更兜鞋雖極艷麗細思之皆綺羅香澤中本色情態不過偶然道破曾何傷於昌黎六一若奴為出来難教君恣意憐月掛柳梢頭人約黃昏後則淫而蕩矣

詩文故實都要隨手觸着胸藏萬卷下筆風華自别若倚聲尤貴清空流麗不染一塵不可掉弄書袋

詞至易安少游真是自然而然到恰好處句句清挺却又血脉連貫如蛛絲馬跡讀之一往情深

小令以南唐後主為極致

姜白石之詞至矣可彷唐之太白此猶云杜甫似司馬遷耳

蘇東坡辛稼軒自為別調

高竹屋史梅溪張玉田同聲相應俱遊心窈冥縹緲之域寫難言之情難狀之景其精深處易安少游亦未之及然較之秦李自然與作意間有天人之別

閒中好塵務不縈心坐對當牕木看移三面陰此段柯古句也初於詩集見之以為孩氣可笑後

見竹垞太史錄入詞綜便覺新俊可喜移步換形此便是詩詞不同處

少游滿園花一闋全似柳七在倚聲中覺靡倘入曲子不當與王實甫關漢卿爭工耶此便是詞曲之別

柳七必不可貶使去其淺俗存其精要何減秦李

今人作書求工但學得美女丰姿耳不知書要渾厚如端人蕭踈如高士嚴毅如武夫落落穆穆無纖毫姿態可指斯為神技

書貴離不貴合書貴淡不貴麗書貴神不貴似千字一律如布算子是晉人所呵是唐以後所力學所以後人終不及古人也

書家極自然神境不可以言語形容不得已而勉為形容則曰如屋漏痕如折釵股然是兩言非上等天資終莫喻其旨

余胸中點畫不滅元常逸少叱臨池則不工此無他不學之故也東坡之論文湖州墨竹盡之矣

學古人書得其結搆易得其用筆難

學古人書須識古人胸次若唐之顏柳宋之蘇米無不各如其為人晉人胸次㝡高故爾雅風流別具筆墨之外遂淩越千古

學書切忌近俗其人苟俗書雖工終癡肥鮮韻其人苟不俗書雖不工亦瀟洒多姿

歷觀古人書一時皆有一時習氣惟智者始能不為所囿

作書不可要好蓋要好則心已分一路在要好上去精神便不貫注所以古人傳書多是書問非用意之作神韻獨全

昔有善射者百發百中自詡絶人傍一賣油郎笑之詰其故則曰此不過手熟耳乃置一錢挹油於錢眼中注之油過而錢不沾曰吾業是終身此亦不過手熟耳夫書之工亦如是故書貴學力

余嘗惜鏤木鏤金之工手不停業矻矻終身使其易是以作書當必極其工而名後世雖然吾信其於千字一同如布算子昔人所謂經生書者必可及若其於恬淡虛和之趣必終身無一點

一畫則亦於鋟木鏤金之工仍無異也故書貴
天趣
執筆須撥鐙此學書第一要事然他執筆學書易
成撥鐙學書難成蓋他執筆筆皆靠實作字有
準如烏絲界劃自易平直然字法亦坐是終拘
攣不活若撥鐙則勢既凌空絕無準則於無準
則中運令極熟則指不滯于毫筆有餘于字空
靈妙用層出不窮造物在手變化從心元常每
點都異羲之萬字不同皆此故也臨池若此其

樂無量余未能然而心識其必然耳

昔王獻之作書羲之自後掣其筆不得曰此子他日必以書名世此是吃緊道破書家關捩語盖他執筆筆皆靠實毋一緊執將何運用撥鐙勢既凌空若非緊執何從着力故余謂撥鐙懸腕緊執筆使天資高妙者學書十年雖二王必可到也

右軍書雖游絲微帶終具十二分力量他人雖用力如顔柳猶有歉弱處可與知者道耳

右軍無在不用力故面面圓足他人有意着力故只在轉彎抹角而於過筆不重則剽此便是其歉弱處

右軍書初看甚平易所謂中庸不可及也他人如孤竹柳下各極其一偏之至

詩至杜少陵後人妙境無不畢備如丹青不知老將至富貴於我如浮雲似黃涪翁老妻畫紙為棋局稚子敲針作釣鈎似陸放翁子規夜啼山竹裂王母晝下雲旂翻似李昌谷王右軍書亦

然如二謝帖七十六字耳其中書見等字似歐
陽率更七畢婦字似趙吳興謝劚可字似李北
海載切字似虞永興遂面字似柳誠懸叅之蘭
亭佳刻懷仁集聖教序無不皆然茲其所以為
集大成之書聖歟
筆法自蔡邕至崔紆皆親相授受惟蔡君謨毅然
獨起元趙子昂又遥接衣鉢然君謨學力去古
人遠甚子昂學力既逺其終不可及者則以人
品俗耳人品既俗雖力追古雅譬如武帝學仙

終覺骨氣肥濁

晉人行書非真非草直另是一種若後人則以真書忙寫作行書耳然此病自唐人已不免

正書有形模可似獨草必本性靈天下事性靈者傳故古人傳書類多草跡

臨池之須紙最要筆次之墨次之硯又次之然硯則近時端溪水岩所產蕉葉白青藻紋鸜鵒眼麻鵲斑者為無上妙品晉唐所未有墨則歙人世濟其美筆則湖人世擅其製惟紙則無論澄

心側理不可復得即宣德紙舊庫疋紙金粟山紙已稀如圭玉今日之紙皆浮脆不勝筆用墨則濡用筆則滯毋論傳不能久遠即臨池已不勝其艱苦矣抑思晉之麻紙唐之硬黃皆堅潔光厚故作書不滯不濡用筆四面圓足劃沙印泥漏痕釵股皆有筆墨之助令人執虛薄下劣之紙欲以追踪羲獻希風虞褚遠矣

今日之紙皆虛脆不受寫唯率更令可以用搥松雪翁可以用輕用筆輕搥則於紙無礙故今日

不期然而然習二家書獨多

明董思白與宋之黃山谷其論書往往入禪在拘泥胸襟亦不可不知却最悞初學之士思白嘗詆松雪臨蘭亭纖毫畢肖而謂已得其神夫神似彼岸必以形似為筏譬如寫真其人之面目口鼻皆易其處而曰吾得其神其誰信之

唐德宗使段善本授康崑崙琵琶奏曰且遣崑崙十年不近忘其本領然後可教令人學書從顏柳歐陽門逕入學詩從晚唐宋元門庭入歆以

希風晉人之丰韻盛唐之超妙亦必須十年不近而後可也然詩由心生一悟便見書由手寫手寫既熟便難移易故學者苟欲希風最上乘始基不可不慎

畫須分濃淡疎密昔人千言萬語揔不外乎此

畫須使有縹緲無窮之趣若一覽意盡便庸史矣

畫有筆不到處最妙

登高望遠人目力必有不到處目力窮處是即画家筆不到處若良工處處掩映若鈍根人必要

色色都見神味索然

山得水而靈樹得煙而遠石得苔而蒼源泉得雲氣而深人家得竹樹而逸皆不可不知其所以然者要當神會

我輩作畫不過自寫其胸中丘壑耳故一波一石都要有異趣若尋常頑山鈍水曾何足擾其筆端

我心無荆棘奈何生荆棘杜詩曰惡木應須斬萬竿故士人畫宜選用松栢梅竹之類若遠景平

林不在此限

畫雖極細膩烘染須處處有解衣槃礴氣象

畫一須人品高二須師古法三須寄興遠而又必須工夫純熟則免起鶻落足以赴之不然則免背而馳鶻墮而死心畫自佳耳其如手畫何

院人畫有七分好處只有三分神氣士人畫有三分好處便有七分神氣故書之精液皆畫之脂膏

名山勝水形勢不同春秋冬夏物態不同晦明曉

暮光景不同若米顛只能寫烟姿雨態雲林只能寫秋高氣爽工平遠者不能為闊隴雄壯工寒林者不能為陽和葱菁求其如化工肖物無所不有古今吾未見其人也

畫人物須讀萬卷書則衣冠制度悉有考究畫山水須行萬里路則奇峰秀壑始極變態畫花鳥草蟲須徧格物性則榮枯生死各參造化嘻難言矣

北宗寫畫形南宗寫畫神神至者其形自具形至

者其神亦全未易優劣也

今一舉目便有天光雲影若畫只寫樹石耳作樹石時處處要有天光雲影浮動紙上

作畫必須得佳紙素筆精墨良始有興趣

作畫須熟讀杜甫諸題畫詩下筆自有神氣

凡畫畢書款或題句其書法或真或草或瘦勁或圓熟皆須與畫筆稱則附麗多姿

凡書畫到恰好處最難矜持與草率皆不能佳

凡書畫非神怡務閒俱不可作

論畫以形似見與兒童隣此東坡畫禪也

鍾繇論書桀桀分明遙遙遠矆八字借論畫更確切

有陽必有陰有實必有虛有明必有幽有形必有影凡詩文書畫到至處皆具此理否則雖極精工刻畫終遺却向裏一面者也

隴頭芻語終

梅谷十種書

[清] 陸烜 撰

拾瑶叢書

下册

文物出版社

梅花傳葉

梅谷偶筆

暇日置宣和緑端硯漢銅水滴研寥天一墨盈池一爐一茗欣然靜對偶有觸發輒筆之於册語無倫次適情而已乃友人見之有相賞而傳抄者是可笑也梅谷自識

康熙四十二年南　巡釋元璟嘗面　駕於維揚賦詩稱　旨賜砥石硯一并傳　旨曰此石朕得之塞外民家用為礪具見其光潤瑩潔取製為硯頗發墨不減端溪曰嘆天下遺材無限

吾家清獻公官嘉定時有瞽者詣公堂請曰公聖賢人也頤天蘄吾目不能一覩公面倘得稍撫摹公衣服使不負此一生公笑而許之或問毋乃失容度否公曰匹夫向善之誠如此安得峻拒

有鐵道人者自沃州来能布氣成雲須臾下數點微雨拍案叱之朗霽如故云度人無量雨可以禳災獲福人爭施金錢延致作法時清獻公方為諸生掉舟偶過小泊試觀良久道人忽起曰

今日有大儒竊窺某法不驗矣遂去不知所之
東觀漢記今日歲首請上雅壽雅酒闕也魏文帝
典論荆州牧劉表子弟以酒器名三爵上者曰
伯雅中者曰仲雅小者曰季雅隱窟雜誌宗時
閬州有三雅池或修此地得三銅罍狀如酒盃
各有篆文曰伯雅仲雅季雅當時雖以名池不
知為劉表物也廣韻盃字注云酒器盃即雅字
吴均詩聊傾三雅卮今人語曰雅量妓人送酒
曰雅酒盖本此云

元豐閒米公元章自號鹿門居士其印文曰火正後人芾印其後絕不用之

殷仲春字方叔慕王績之為人自稱東皋子隱居秀水之永樂南邨躬耕自適閒入城得破書殘帖歸輙摹玩終日晚築蓀楮丁棲老其中茅屋敳墻不蔽風雨晏如也

余聞之蘇人湯潛庵之除上方山五通邪神也既數日公適過石湖有木偶二自水底躍入舟中衆皆股栗公不為動徐令左右守伺各處湖口

久之獲泗水二人鞠得其實乃妖巫所使異驚
公以圖復興於是衆皆釋然所以成大事必貴
有膽有識
松江青浦學宮有先聖遺像石刻唐吳道子作
乍浦某氏故業漁無子一日曬網中庭扃户出比
還則一嬰兒宛卧網中以為天賜旋乳哺之後
家道漸裕是兒亦頭角嶄然忽有寧波販客至
聞之道途詢其日月驚曰曾於是日放紙鳶戲
以兒坐竹籃送上風急繩斷瞬息千里旋入大

海意謂必無生理今故尚在然左臂有瘰如冊可立辨也曰往索之某氏欲載與俱歸彼此爭論至訟之官々判曰紙鳶弄子絶少人心漁網得兒實有天意竟歸某氏云

西興旅店曾見一人兩足跟皆殘缺數處是指亦去者半詢之則曰曾宿山寺為鼠所齧然了無所苦按此名鼷亦謂之甘口鼠凡食人及鳥獸骨皆不痛春秋鼷鼠食郊牛角改卜牛鼷鼠又食其角即此類也

種菊老人不知其姓名自他處来平湖租隙地藝菊鬻花自給薪水然遇佳品輙自留賞雖擲重價勿顧曰譬如奴婢只出小家若閥閱公子閨閣佳麗雖黄金論斗豈可得哉某詹事素愛栽菊欲招致之遣使者踵門老人方踞厠漫應曰其人傲睨誕妄何所用之且其死已久骨都燒却

古法書名画不論紙素歲久皆生滓絨為腐敗之漸而紙尤甚余嘗手裝王右軍二謝帖麻紙真

蹟見其絨蒙茸如繭乃以意消息用皂角子仁稠水勻上一次乾後便光潔如鏡凡書畫得此一法可以多歷年所裝潢家不可不知

清芬不覺破江梅半兩丁香一兩茴更入麝臍燃活火隴頭春信一時来或加甘松苓香各五錢

後人仰慕古人以古人之字為巳字自伯夷始伯夷以虞書帝之咨伯有直哉惟清語故亦名伯夷而卒成為清聖

松栢之上不棲蟬余驗之惟全林松柏則然若松

柏雜衆木中則蟬六或棲止以是不能無慨於
君子之獨立也
漢玉椀一大如常椀中有血皴成金魚形宛然注
水則若浮起楊妃春睡玉質瑩白無瑕下體適
有紅暈如秘辛所謂火齊欲吐者宋磁椀一白
如硨磲深青色作楷書精妙如率更令為緑水
池光冷青苔砌色寒竹深啼鳥亂庭隌落花殘
之句四文可讀三物余皆親見之
明孝廉馮茂遠豪於財所築耘廬別業園林之勝

甲於一郡其武弁慕之詣茂遠請一席地為宴客計茂遠心不欲也謂之曰鄙所有如蓬萊三島倏有倏無今日君所見者幻耶真耶武弁曰只乞取綠綺亭足矣茂遠曰敬當以綠綺亭奉君他不可得也武弁許諾茂遠乃夜命工毀亭鑿池實缸荷其中汲水灌注朙日武弁攜客復至其處則清波窅然荷香襲人乃共嗟訝而去

邵子謂天下將治地氣自北而南天下將亂地氣自南而北偶閱蚓菴瑣語云北方麥日中吐花

江南麥花夜放崇正末南麥花多日開邵堯夫聞洛陽鷓鴣啼以爲地氣自南而北識其將亂今地氣自北而南天下亦亂余謂非也崇正時大亂已極地氣自北而南乃主　本朝極治之機邵子之言不信而有徵乎

今
皇帝二次南　巡西湖孤山梅皆三月始花
駐　蹕之日寒葩正麗與桃柳相映帶誠絶無僅有者烜擬作迎　鑾曲云新水初生似潑醅湖邊山色翠成堆　乘輿報道行將近湖上梅

花一夜開盖紀實也

海鹽某氏女工詩嘗詠落花云小樓春欲盡歷亂見飛花汝踹真無賴吾生信有涯相思愁遠道離恨閱年華待挽芳魂住鶯啼過別家殆無一字不工後此女忽失所在石塘遺繡履一中貯絕命詞數章意其投海死後始知偕一鄰邑士人私奔遠去閨閣多才乃至於此林下風掃地矣

鍾商彝嘗言山中人捕虎或於小屋置牲一口用

糯米粥黃沙土雜堆數處虎欲啖牲或誤舉足入粥與沙一蹴不脫虎性輒暴跳震怒必打滾愈滾則愈纏須臾成一黃沙虎目盲耳塞力盡而斃

杜詩春酒盃濃琥珀薄氷漿椀碧瑪瑙寒氷漿諸家註釋皆略按薜荔一名木蓮夤緣樹木而生無花而實ミ大如杯微似蓮房生則虛空熟則有子取其子曝乾搗碎入水揉取其漿細布漉去渣少加茄汁或茨菰汁車前葉汁攪勻少頃

即便如冰凝結更汲井華水涼冷入糖霜畺醋謂飲六月頗足清暑今人謂之涼粉亦謂之木蓮腐醫書謂之氷漿北齊徐之才曰孕婦毋食冰漿令絶嗣育即此當日鄭駙馬夏簟必設此物琥珀言春酒之色瑪瑙狀氷漿之形正是形容極妙然不讀醫書不知氷漿為何物薄字寒字都無着落且與上琅玕簟殊重複之甚信乎讀杜之難也

古人云服藥謂必中心悅而誠服之不然則喫藥

矣喫藥無效

凡人身上有痣其色視初生之時寅卯辰時其痣青巳午未時其痣紅申酉戌時其痣白亥子丑時其痣黑

吳俗尚鬼自古已然然有識者自能不受其惑髙季廸里巫行云里人有病不飲藥神君一来疫鬼却老巫夜降神白羊赤鯉縱横陳男女殷勤案前拜家貧無殺神弗怪老巫擊鼓舞且歌紙錢窸窸陰風多巫言汝壽當止此神念汝虔賒

汝死送神上馬巫出門家人登屋啼招魂汪茗文家人以病者請禱作詩曉之曰家有病熱者往往語多囈舉室共驚咢雜延醫巫至或云鬼求食或曰風為厲衆說頗紛〻未知果誰是從来本儒素豈暇祟溪祀稍習黃農書湯劑固應議藥物與牲鬻二者均一費神奸何能為治之以不治二公皆吳人也觀此可以悟矣

四明沈氏家遇盜時男人俱出惟二女在乃共計以石灰入風米車向盜風之盜竟不能入

民家或失火人争汲水以救火既息視燒死小魚無數蓋倉卒汲水所誤帶也曰恍悟城門失火殃及池魚之義前人紛紛俱屬無謂

陸渭字淳喜性狂蕩不羈嘗手揮數萬金一日思以三千金一瞬散盡轉展思索乃命市赤金箔數箱於姑蘇穹窿絕頂放之時大風飄泊數十里光明爍日遠近驚以為雨金其狂類如此工潑墨寫花卉瀟灑自得可稱逸品亦能詩

道士郭去遯研志道行後卒於京其徒扶櫬歸至

中途櫬忽輕傳為尸解去然其生平遇美色輙
留眄或以為非宜郭曰春光瀲灧雜花交開安
有瞑目而過者於吾何有哉
昔謝康樂守永嘉闢佳山水殆盡而獨遺雁宕余
意雁宕爾時特一頑山耳後被泉水衝激沙礫
蕩盡山骨獨存乃始刻露清秀近見臨安諸山
倘稍假人力疏泉徹土不久皆鑱削可觀乃知
凡山根脉皆𤫊瓏剔透也
葵能衛足余觀蓮亦極能衞花每一萏菡叢必有

一遮覆其上日則舒以蔽日夜則卷以讓露草木無情乃知護惜領人有不知所自愛者

椶櫚葉縷析之揉令極軟以代麈尾勝古人松麈多矣

胡彥穎石田北窓偶談其論令樂七調高低升降之法頗詳謂左氏先王之樂所以節五事也故有五節遲速本末以相及中聲以降五降之後不容彈矣於是有煩手滛聲慆堙心耳乃忘平和君子弗聽也杜氏解此未為精審令更之曰

中聲五音之正聲也五鄙即五音聲大曰本細曰末遲速謂緩急若前艷後趨之類有高於正聲之清有低於正聲之濁故正聲曰中聲降者漸趨於細之謂也羽於正聲為細而由羽遞降以至徵清乃極於細不可復高故曰不容彈正聲五為鄙而降亦以五為鄙煩滛慆堙降極求過之病故曰忘平和又謂宋玉曲彌高和彌寡向来誤解此歌曲非作曲也豈若後世詩人訓唱論詞意佳否者陽春白雪必是高調之曲而

又有高字歌喉峻者始能及之和之所以益寡也又謂第六調凡字調即為變徵之宮中吕之宮五清聲盡入首調虛位第五調已難歌至此則雖最峻歌喉當亦聲嘶調嗄而不可癢者天下固有繞梁裂石之聲或能及也荆軻易水之歌當即此調若以聲言不過出調高聲首調高凡纔及斯調之五何足深訝而感人至怒髮裂眥耶又謂旗亭畫壁黄河遠上一詩必待雙鬟發聲蓋遠上二上上聲字工尺應低當用高調歌

之次句片字去聲應高郎為以高調歌高字歌
喉稍劣弗能及已凡此皆能追聲音於千載之
上非如昔人所謂紙上律呂也
粵俗侏儷之音吳井渠嘗撰粵風續九或采入廣
東新語朱竹垞且選入明詩綜王漁洋録入池
北偶談謂與子夜讀曲相近況吳歈素著者乎
特大雅君子忽其俚而不察爾余山民也知有
山歌而已每當秧針新雨柳絮殘風慣和農歌
斷岸曉霜澄江夜月遙聆漁唱大都豔情之什

居多而規勸之言亦復不少偶録數章以俟采風者裁擇焉新月彎彎照九州幾家懽樂幾家愁幾家夫婦同羅帳幾家飄零在外頭昨日花開今日雨今日花開明日風一年三百六十日一日花開一日紅蝴蝶雙雙花裏来鴛鴦對對岍邊排相思好比船頭水兩槳平分劈不開紅綾子被出松江細心白席在山塘被蓋是郎郎蓋姐席襯是奴奴襯郎勸郎弗要主意差堆金積玉愛奢華田是主人人是客百年錢糧完三

家結交勿論金和銀結親勿論寶和珍花開勿論高低樹郎富何曾嫌姐貧薺菜花開三月三姐向田頭采一籃采一籃来燒煙用辟除蚊子好看蠶近看山頭有高低遠看山頭一斬齊勸郎休問長和短梅水深〻好把犂石榴花開石榴紅蓮子生在荷花中菜花亦有千粒子牡丹花謝一場空一絲两絲千萬多一梭两梭織斷梭姐看陌上遊春女滿頭珠翠着綾羅日裏郎来郎怕羞夜裏郎来姐勿留與郎相約黄昏後

月痕照到井欄頭望郎望到夜合開宜合花開郎不来只道花開夜ㄑ合不道花開夜ㄑ開光光滑ㄑ一缸油姊妹齊肩鬥梳頭大姑梳是鴉丫髻小姑梳是牡冊頭一樣時光兩樣情逆風船重順風輕一輪明月人ㄑ愛黑夜偷情恨月明送郎送到棥樹林手攀棥樹淚雙零願學棥子紅了眼弗學棥子黑了心荷花池水徹底清荷花池上送郎行姐心好比蓮心苦郎情好比藕絲輕送郎送上夜航船眼看江水碧悠ㄑ郎

弗要學江中水流到他鄉弗田頭白鶴花開盖
被單夜落金錢落盡錢有錢難買郎心住姐如
白鶴只孤眠做天難做四月天蠶要温和麥要
寒秧要日頭麻要雨採桑娘子要陰乾做得夏
衣水結氷做得寒衣楊柳青一百隻脚追勿着
富家貂暖葛紗輕望郎歸来日當中清水盖鑊
肚裏空巧婦難為無米飯看郎歸来酒面紅三
三两〻好友罔酒杯来往有恩情窮来要看親
兄弟千朶桃花一樹生娘舅留飯偹醎酸舅娘

面上弗好看近一莭来熱一節好比火烧青竹竿日落西山一點紅姐爲私情面皮紅日落西山容易淡姐爲私情只管紅七月采菱〻花多菱花落水〻碧波碧波照見阿儂面阿儂面白欲如何難得生来遇太平姐自織作郎自耕山珍海錯無吾分飽食黄虀過一生右皆純任天籟不同劉郎之於竹枝稍加潤色云

乍浦謡曰乍浦乍浦蠻羌雜處昔無城郭今十萬户東連粤南通倭罽翠易我金錢多嗚呼吾民

幸不見干戈

張庚字浦山自號彌伽居士隱居城市門巷蕭然寂如山林寫山水得董巨正傳五言詩希風漢魏余嘗於五湖舟中與客談及秉興寫菊一枝題詩贈之曰平生頗愛東籬色未向傍人贈一枝今日五湖煙水裏為君特筆寫幽姿翼日先生遂過訪旅舍相得甚懽

米海嶽硯山余獲觀於清吟堂高氏約徑八寸高半之為峰六右第一峯曰玉筍突然聳峙上有

洞穴微類笋形玉笋之下為方壇下隘上廣方平如砥如可坐而遊者一小峰附其下勢若拱揖中一峰高四寸有奇如卷旗如張繖曰華蓋稍下為月岩圓竇相通非人力所可及也其左之第一峰連坡陀而起如人傴僂第二峯則嶐崇離立高不及三寸而有數十仞之勢第三峯與華蓋相連岡阜樸野是名曰翠巒龍池出其下幽深無際疑有潛鱗輟耕錄謂天欲雨則津潤滴水少許逾旬不竭也下洞在方壇之趾上

洞據華盖之麓元章云下洞三折可通上洞試滴以水果曲折流出疑是中有避秦世界尤令人神往矣其色深黑光瑩如玉千皺萬皺望之若或有草樹蓬勃則襄陽所謂不假雕琢渾然天成者也余驟見之為不寐一夕老子曰不見可欲使心不亂以志余過又以嘆南唐半壁江山今歸何有而獨存此一片石也

儒釋道諸書皆言一心幾以惟心為有知覺矣觀素問曰心者君主之官神明出焉肝者將軍之

官謀慮出焉膽者中正之官決斷出焉膻中者臣使之官喜樂出焉腎者作强之官伎巧出焉則知他藏腑皆有知覺特以心爲之主耳不讀岐黄之書見不及此

松江民家剖巨蚌殼中隆起彌勒像宛然

海鹽彭羨門先生余妻𡚤祖也博洽强記康熙十七年　御試博學鴻儒以璿璣玉衡爲題先生作賦畢并繪圖於卷末遂　授第一

硯之異製或以竹或以鐵近又有以漆爲硯者其

法以水飛過極細磁沙和生漆為之頗輕便適於遊笈且甚發墨在鐵硯竹硯之上

地以物產名吾鄉檇李為最古李今産淨相寺僧廬其樹亭亭如蓋無支離屈曲狀實初嫩綠將熟輕黄熟則殷紅如朝霞着粉鮮麗可愛近蔕有指爪痕宛然若新捻者就日映之如紅琉璃一掬其核隱現可覩故知尤物不特其味之移人其色亦天然奇豔也荔支夙稱佳果然入閩粤者類能啖之若檇李則雖近在數里之内有

終身不知其味者余嘗從寺僧乞一本歸植之園中其實甘脆仍勝他李而指爪痕全無色亦大減差與嘉興之徐園李相亞不及僧廬多矣乃知地氣使然不可強也昔朱竹垞鴛鴦湖棹歌云徐園李子核何纖未比僧廬味更甜見說西施曾一搯至今顆顆爪痕添王漁洋疑檇李即徐園李蓋臆度之云爾

馬嘉植子幼敏嘗授論語至赤之適齊也乘肥馬衣輕裘師與語曰此以見赤之富也曰不然莫

是子路借與他否

蠶將熟時忽生小蠶俗謂之長娘係大蠶所生余嘗見一蠅棲案間忽生一子須臾飛去乃知昆蟲亦有胎生者

凡治定書必用雌黃其色久而不渝余嘗見李獻吉評杜詩錢牧翁手批元遺山集皆手澤如新修補古書漿糊中必入白芨則歲久不脫近購得宋余靖武溪集趙璘因話錄施彥執北牕炙輠錄皆汲古閣物裝訂極精緻而於破損接尾

處皆脫盖不用白芨之故亦藏書家所當知也

凡鐫刻書梨棗版中有甜水易蛀每版百塊入黃檗四五觔熟水煮透以苦易甜歷久不蛀

陶詩甲子固自有説觀古人書畫往々皆署年號若近人則僅署甲子當相沿於　國初諸公不惟使後人漫無考據且有無君之心士大夫皆習而不察爾

宋槧書傳於今者皆曰宋某人撰元明亦然若今人則但署郡邑當亦由沿習之誤

庚辰夏予如杭城時携一琴於旅店為鼠所溺余意凢水不足以洗濯名材乃携往龍井洗之時胥吏方糾工疏泉疊石輙呵止予有一官人獨曰向名泉滌古琴適相當何叱為乃憇石凝視良久且出青絲帕佐余拂拭而罷

石菖蒲以丹砂為泥植之久之服食其根長生久視縱不可知明目益聰當必有奇效也

作醬用臘雪水則不生蟲用甘草水味佳能解諸毒

康熙年間弈學之盛亦從來未有同時國工有黃月天徐星友周東侯周西侯何闇公周懶予汪漢年程蘭如婁子恒梁魏京趙兩峰卞邠原吳來儀周元服汪幼清凌元煥江天遠黃稼書張呂陳姚顲孺盛大有蔣再賓過百齡戴臣埜許在中吳孔祚李心雪李元兆張繼芳謝友玉釋野雪諸人中以黃君月天為冠大約可讓諸家一先其弈則沖和淡泊好整以暇雖他人奇兵異陣彼終應之恬如也徐星友嘗撰兼山堂奕

譜評棋精當其論奕謂用虛不如用實用巧不如用拙制於有形不若制於無形臻於有用之用不若臻於無用之用斯言何其雋永懶予性好稗官小說家言常秉人握子布算時出以觀之既下輙應〻已復觀當交征危迫之際其人或汗流浹背懶予則從容如故局甫半輙語人曰若負幾路矣及竟如其言范高士路嘗問曰子於奕至矣乎對曰今之奕者雖未見加我然竟局覆觀頗尚有所悔至者當無是也范嘆以

為名言吾人學問事後覆思其不如懶子之悔者鮮矣汪漢年歙人朱太史嘗作序贈之稱其小詩詳雅中律謂天下是非毀譽有一定而不可淆者莫如奕方其勝負決於前某也一品某也二品三品較然論定既極其詣則其人雖吾所惡但可詬及其人終不得詬其藝之未至噫古今成敗得失大抵如奕其贊測臧否安能盡如奕之一一有定評耶

今人掘地每得大缸石版函盖中空無一物疑其

藏金以不遇人化去非也古人築室往ゝ埋缸耶其爆濕又古人琴室尤多埋之則其聲空明嘹喨鼓之如出山谷中其或有水者則積久所聚耳

泛東洋者為余言海中有白妓潔白如好女子而露形或直立波上或跳上人船必鳴鼓相逐見主不祥又有人首魚ゝ身人首又有鳥大如車輪深綠色如鸚鵡

張鳴岐製銅鑪名噪一時其足率有欵識余嘗蓄

一小鑪獨有銘云懷貞履潔汝品乃絕慎勿似此炙手可熱

苔竹山有小草葉如黃楊花開翠色如鳳冠尾翅足皆備余曾拔數本植之中庭命名翠鳳作詩紀之曰野草何微細偏成鸞鳳形空林聊託足世網倦揚翎古路荒〻白春山靡〻青無人解相賞羽翠幾凋零此稿已不存今年春此花盛開偶憶錄之

蘇長公秋陽賦曰吾心皎然如秋陽之明吾氣肅

然如烁陽之清吾好善而欲成之如秋陽之堅百穀吾惡惡而欲刑之如秋陽之隕羣木云云
余號秋陽盖本諸此
曾記己夘之秋寄友人一札云諸處稻各生蟲大都皆螟賊之類耳其蟲形如蟬治之極易死殺蟲之品甚多特藥少蟲多不足濟事僕以為苦楝根鄉邨是處富有倘煮水灑之必就滅比已試有效足下若能呈之當事俾出示遍諭農夫亦善舉也跋之

古書画之存於今者考傳記所載猶有鍾繇薦季直表晉武帝我師帖陸士衡平復帖索靖出師頌曹弗興兵符圖顧愷之清夜遊西園圖等淺人往〻皆疑其偽余以為如其不佳雖近如文沈亦偽如其果佳則古蹟亦真紙素固無可久之理然試以一人之身計之苟珍藏一物不侵燥濕不受蟫蠹不重裱糊不頻勞辱自少至老豈有變更之理魏晉去今不過千五百餘年以中壽計之不過相傳十餘人耳其有存者固無

怪也弇州謂千二百年而跕亾点論其大概耳若收藏得地余以爲更千百年當猶有存者拘墟之見誠不足道也

凡鉤摹古人法書硬黄取之不得則有嚮搨一法謂密室無光只留一穴就日映取也余嘗手摹二謝帖昏暗已極硬黄既不可得欲嚮搨又恐潰爛不敢揭背紙乃以意用雲母石薄片映取纖毫不爽自有此法嚮搨可廢凡古法書無不可摹未必非法書之幸也

裝褙古法帖上下既截齊即將兩版夾定繩紥極緊白沙打令極光用褐布拭去紙塵却以皂角子仁稠水粘上速解版輕翻一過以後久々其邊不毛不散且上皂角子仁後欲其華麗則上金箔一次如打金箋法欲其妍雅則上雲母粉一次余嘗手裝大觀帖如此見者皆以為精絕也

書畫易破則用裝書畫易蠹則用潢潢者謂以蘗染紙也所以古人書畫皆帶黃色皆曾潢過今

人但知裝而不知潢書画焉能永久檗今俗呼為黄柏

董公名懿政尚清簡兼精數術官嘉興時值亢旱自巡道以下皆出祈雨公謂雨必俟七月初三巳時因出示令民努力戽水道切責之至期公與衆官同禱社稷壇時亢陽天無纖雲公特命備油轎雨衣往吏皆匿笑之未幾大雨如注乃以油轎讓巡道雨衣讓府尹而已借民間傘徒步歸後移官平湖忽報獄中失囚公第令於南門外三里小石橋俟之立獲性坦率和易近人

民有請卜者皆弗拒一日偶出見有老婦扶少女徘徊路間公命止輿呼謂曰汝有所饋於我乎曰然前曰女病問卜得驗謹以糍團獻公曰吾固知今日遇老陰少陰有滑食物之象其數當三十六命吏數之果然

甞見一大理石屏下作短樹平林上作微雲遠靄最奇者雲外數點如飛鴻遥掛樹傍一人立而仰視神態如生筆墨所不能到左角有宣和御題詩云山與微雲兩不分那知山更淡于雲江

南秋盡霜初降獨倚寒林數鴈羣

史張父敦即鐘鼎欵識所載者余於墨莊劉文處見之青碧瑩徹可愛

溆浦紫雲山東檀仙嶺側有倒針石但以指南針就石試之其子午皆倒移去一尺許則仍如故

或傳一方名筆髓丹云服之能令學書易成初未有不笑者及覩其方乃用杜仲三兩當歸一兩人葠四錢殭蠶三錢獨活一錢為丸服此不過堅筋骨和血脉耳夫臨池不熟腕或僵痛夫旣

有痛即便有醫似迂而非迂也

去余居二里有邛墳名甚著而不知所自頃偶見匠人磨斧古磚有元和十一年字詢之則曰卭墳傍耕田所得予按唐詩人卭為為吾邑人此豈即卭為墓歟

某紳士因公事與縣令争論於堂令怒曰汝不聞破家縣令乎某曰某但知民之父母

乾隆壬午正月乍浦海中有大魚追估帆至潮退沙陷遂不得去長二十七丈有奇鱗甲皆蒼黑

色如鐵石或噉其肉如牛骨皆如椽人無遠目觀竟不辨為何魚有老媪攢眉曰此為大水之兆是秋竟驗

道士楊姓者特善煮茶術取片紙硃書符入爐焚之紅光爛然筆劃都成烈火比移鐺就即作松風聲旋即蟹眼沸矣客或不知者曰勿煩再煮則火頓息

前輩王玉衡平生有膽年七十餘矣值秋雨夜天昏黑門有剝啄聲以為鬼也被衣追之不及去

廬已達忽心動俄覺目光洞然凡林木鳥巢屋茅溪草種〻畢露逾時乃滅然平日目固短視不知何以有此又一村叟亦自言曾就飲其家語不合中夜過田鬼嘯於林陰雲罩地踉蹌間面熱耳赤忽有見如白晝此盖元氣過人真精神逼迫而出理或有之道書謂葆真養元夜可見物亦其驗也

王玉衡藏古墨一挺有朱熹監造字

鐵線粉出外洋島夷亦馬勃之類治頑癬有效

或頗敏於才而好翻案極談王安石字說之佳余曰其字說之穿鑿不待言昔東坡舉坡字為問介甫以坡為土之皮對東坡云然則滑為水之骨乎其人曰滑固為水之骨也水無骨不作滑試觀石上漬水必作滑無疑余曰君殆全不曉事

余内子在室時嘗用一紡車每操作輒若扶乩箕運轉自如倘易他車即不適然其車自白頭老婢已見之一夕忽咿啞有聲察之自其車中出

或移置月朙之下人潛窺之見其宛轉停歌一如人所為咸懼欲焚之內子曰勿怪也此特藉人之靈氣多耳且物貴適於用彼其與人謀若是雖怪庸何傷迫於衆竟焚之

江東俗號正月二十日為天穿日以煎餅置屋上謂之補天穿唐李覯詩云一枚煎餅補天穿今俗女子常以此日穿耳

頣亭林先生目外黑而內白

書画一藝大名之下必有絕人之作而不必皆工

特其人之有餘於書畫者傳耳昔董思白未第時館吾邑馮氏邑有俞君書妙欲過之後董負重望歸里馮君携扇面六令董自决去取董諦視良久擇其三曰此可傳則正俞君書也今董書遍天下俞君渺有知其名者後人鑒賞亦然工妙者雖贋作皆為真蹟其不工者反是

世傳劉将軍綎嘗遊少林呼其僧之拳勇絶倫者出命以拳加已三撲不為動及劉欲以拳加僧僧曰君天人也吾輩由學而至安能與君抗手

萬一相加骨寸斷死矣向晚僧進藥一丸云服之得無恙劉大笈曰吾毫無痛楚何藥為僧曰不然君外雖無損臟腑已受重傷如君安忍害之因泣請乃服之瀉黑血斗餘

左傳蔓難圖也蔓草猶不可除下蔓字點為句史記學書不成去學劒又不成去字為句於義皆圓足勝原讀

芭蕉原產嶺南觀萬震載入南州異物志稽含載入南方草木狀知當年未入中土嶺南氣候常

和凡艸木隆冬不凋然亦間有微雪乃知摩詰畫雪中芭蕉本非幻境後人不知輙相議擬何異不知錦為蟲食樹葉之所成耶

啞叟不知何許人也自他處来卜居雲溪嘗養鴨數十以自給鄉人與處八九年未聞其言疑其啞也遂呼之為啞叟忽一日棄釣艇去不返共啟戶視之故篋存金剛經一卷壁上留句曰八十年華歷小刼滄桑世事何須說了然懸解悟真空一句寒潭浸秋月

有一老媪挾一十七八好女子來云善拳勇其實視之弱不勝衣如可乘風吹去者里中年少咸卜采三百與之校抖擻向前女輙談笑應之立仆数日之閒歛錢數十緡終莫能近拳師汪某者聞之自松江促舟来女亦素知汪名遂避去

一軍士工運氣術能以鐵剪夾銀向其腦門擊之銀碎而頭不破後曰給假歸數日復試之則腦迸出而死盖不可近女色近女色則氣急切不能聚矣

凡種果核不可去肉否則不類其種

語云慎起居節飲食飲食固宜節今人動言努力
加餐非邃於養生者也

士大夫居鄉要自有品節其勢焰薰灼者固非若
過為夷曠使等威無辨亦其獘也今人遇鄉貴
稍自位置者不曰崖異即曰器小皆得執孟子
鄉黨莫如齒以詆譏之不知孟子之言乃舍爵
與德言之也若論德則固有鄉先生年少而抗
顏為人師者若論爵則禮固云一命齒於鄉再

命齒於族三命不齒
古諺云黃梅雨未過冬青花不破冬青花巳開黃梅便不来今江南候是占霉雨極驗
昭明不選蘭亭敘或以為絲竹管弦疊出或以為天朗氣清非時余按史稱昭明太子性愛山水遊玄圃泛舟左右請奏樂久而不答徐詠左太冲詩曰何必絲與竹山水有清音或以右軍未忘絲竹管弦故不取耳
嘉興三塔石牌坊一僧血影宛然陰雨尤顯相傳

鼎革時兵擄羣婦人錮此而往征松江僧憫其號泣悉縱之比兵回怒甚欲故戕之乃偕一婦人射死僧固有歷刼不磨者歟

江村別墅本朙孝廉馮茂遠故園々故多竹忽有一竹去地尺許忽分為二竹末復合為一竹觀者莫不嗟異

直省巡撫進貢方物有象牙席見邸報

海塩天寧寺藏一鉢非竹非木非金非石云是其梵琦禪師所遺究不知何物

乍浦或来倭數人留民間楊姓家其一自稱彼處駙馬能詩工草書人有索者輒書以應點畫微意為增減然多可辨余嘗於友人處見絕句云出雲州上山出雲出雲州下黃沙昏波濤一別一萬里飽掛風帆到海門着語頗妙

藏橄欖法擇園林中大竹一株去梢通其節以橄欖實之用箬封固橄欖藉竹生氣不腐爛亦不枯瘁欲用則鋸一節用之仍封固如初可藏至七八月以之點茶香美逾常

楓柳人星卜家挾之有奇驗嶺南楓木之老者或生癭瘤遇雷雨暴長一枝如人形謂之楓人越巫取以雕刻鬼神像賂之四方者也亦名欅柳人或樟木亦有此異耶

孔雀愛其毛羽恒掠水自鏡尾重漬水中或棲石上值天寒氷凝結人就之輒僵立不動恐斷其尾也是其羽毛反為身累視雄雞之斷尾遠矣

余向見画本蝴蝶鏤金錯采盡態極妍意其姑以是美觀未必果有此也比来索居多暇縱觀物

化每當園林春還雜花交暝蝴蝶夢中来去栩
栩自得飄〻欲仙有時團扇驚囬或被東風扶
起凡諸色相種〻不一或翠緑如鸚哥毛或金
碧如孔雀尾或蒼黄如榆莢落或潔白如雪花
舞或絨厚如罽翠或光薄如繭紙或如鷓鴣斑
或如虎豹眼或如墨汁污或如筆管印或如太
極圖或如古鼎蝕或如蝸牛篆或如湘竹點或
如雲紋貝紋水浪紋鹿角紋氷紋梔子花紋其
翅或兩或四或脩或短或整或斜或覆或仰或

舒或歛變幻莫測蓋諸食葉青蟲皆能蛻化蝴蝶故形態不定如是又豈畫工所能畢肖惜余未得登羅浮一覩採香使者變相然即此已足觀造物之無盡藏焉

梅谷偶筆終

人葠譜

人參譜序

昔王漁洋欲撰人參譜雜鈔羣籍散見於池北偶談居易録香祖筆記古夫于亭雜誌分甘餘話中畧稱完美然其書卒不成頃余偶得怔忡疾醫者曰非人參不可顧近日遼參貴逾珠琲貧家安所得此因感是遂遍憶舊覽檢書幾百種披閲手抄稍加論列不十日譜成而病若失豈人參有靈能陰相耶抑於是漁洋之志遂獲成就其有闕略請俟鴻通時乾隆丙戌重陽前一日梅谷陸烜書

序終

人蓡圖

陸鈐元真寫

人身之孝惟氣是寶茲獨補
氣功勝群草我齊正氣塞乎
天地非汝土能可以相濟杷
濟惟形以保爾精精神相得
耳聰目明聰明強記敦善不
息必得丌壽安亦悠頫

萊雲子贊

海寧程應壽繡梓

人葠譜目録

目錄終

人葠譜卷一

平湖陸　烜子章輯

釋名

唐韻曰蓡所金切音森

許慎說文曰人蓡藥草蓡即參也

集韵曰人蓡蓡字或作葠蔘

周伯琦六書正僞曰人蓡出上黨從艸濅聲俗用參非

烜按

御定佩文韻府毛西河通韻邵子湘韵略皆云葠

通作參

神農本草曰人銜鬼蓋皆蓡

急就篇曰遠志續斷蓡土瓜

陶宏景名醫別錄曰人蓡神草又名土精又名血參又名人微

吳普本艸曰人參一名黃參

劉敬叔異苑曰人參一名土精

廣雅曰地精人葠也

侯寧極藥譜曰人參別名皺面還丹

王象晉羣芳譜曰人參一名海腴

柳宗元書曰言人參者以人形

李時珍本艸綱目釋名曰人蓡或省作蓡年深浸漸長成者根如人形有神故謂之人蓡神草蓡字從𣹰亦浸漸之義𣹰即浸字後世因字文繁遂以參星之字代之從簡便爾然承誤曰久亦不能變矣惟張仲景傷寒論尚作蓡字一名人微微乃蓡字之訛其成有階級故曰人銜其草背陽向陰故

曰鬼蓋其在五參色黃屬土而補脾胃生陰血故有黃參血參之名得地之精靈故有土精地精之名

李日華紫桃軒雜綴曰人參又名人微微亦微漸之意

按人參以地名者曰紫團參曰上黨參曰遼參曰新羅參曰百濟參曰高麗參以色名者曰黃參曰血參曰紫參以功用名者曰地精曰土精以其性名者曰鬼蓋以奇異名者曰孩兒參曰

神草以別名新人耳目者曰海腴曰皺面還丹以品名者曰白條曰羊角曰金井玉闌其他有參之名而不與人參爲類者則玄參苦參丹參沙參合人參本艸謂之五參也又有强龔參之名者則薺苨名杏參知母名地參仙茅名婆羅門參本草拳參出淄州酉陽雜俎阿勃參出拂林國不可枚舉也

原產

禮斗威儀曰君乘木而王有人參生下有人參上

有紫氣

春秋運斗樞曰摇光星散而爲人參人君廢江淮山瀆之利則摇光不明人參不生

名醫别錄曰人參生上黨山谷及遼東二月四月八月上旬采根竹刀刮暴乾無令見風根如人形者有神

戴羲養餘月令曰二月八月上旬採人參

吴氏本草曰人參或生邯鄲三月生葉小鋭枝黑莖有毛三月九月采根根有手足面目如人者神

陶宏景藥総訣曰大黨在兾州 西南今来者形長而黄狀如防風多潤實而甘俗乃重百濟者形細而堅白氣味薄于上黨者次用高麗者高麗即是遼東形大虚軟不及百濟並不及上黨者其草一莖直上四五相對成花紫色高麗人作人參讚曰三椏五葉背陽向陰欲来求我椵樹相尋椵音賈樹似桐甚大陰廣則多生采作甚有法令近山亦有但作之不好

蘓恭唐本草曰人參見用多是高麗百濟者潞州

太行紫團山所出者謂之紫團參

李珣南海藥譜曰新羅國所貢者有手足狀如人形長尺餘以杉木夾定紅線纏飾之又沙州參短小不堪用

韓保昇蜀本草曰今心州遼州澤州箕州平州易州檀州幽州嬀州并州並出人參蓋其山皆與太行連亘相接故也

蘇頌圖經本草曰今河東諸州及泰山皆有之又有河北榷場及閩中來者名新羅人參俱不及上

黨者佳春生苗多於深山背陰近椵漆下濕潤處初生小者三四寸許一椏五葉四五年後生兩椏五葉未有花莖至十年後生三椏年深者生四椏各五葉中心生一莖俗名百尺杵三月四月有花細小如粟蕊如絲紫白色秋後結子或七八枚如大豆生青熟紅自落根如人形者神泰山出者葉榦青根白殊別沍淮閒出一種土人參苗長一二尺葉如匙而小與桔梗相似相對生生五七節亦如桔梗而柔味極甘美秋生紫花又帶青色春秋

三冊の

采根土人或用之

寇宗奭本草衍義曰上黨者根頗纖長根下垂有及一尺餘者或十岐者其價與銀等稍爲難得土人得一窠則置板上以新綵絨飾之

羅願爾雅翼曰人參說者謂新羅國所貢有手脚狀如人形長尺餘或云生邯鄲者根有頭足手面目如人或曰生上黨者人形皆具能作兒啼說益侈則益誕大率生深山中近椵漆下濕潤處椵似桐而多蔭故人參生其下其潞州太行山所出者

謂之紫團參

劉原父公非集曰人參出上黨牡丹滎洛陽皆遷其地而弗能為良

一統志曰紫團山在壺關縣東南一百六十里昔有紫氣見山頂團團如蓋山出人參名紫團參

按上黨今山西潞安府天文參井分野其地最高與天為黨故曰上黨居天下之脊得日月雨露之氣獨全故產人參為最良紫團山即在潞安府東南壺關縣境尤為參星所照臨者也

宇文懋昭金志曰女真在契丹東北隅地饒裕土產人參

高麗史曰朝鮮產人參

鄭曉吾學編曰朝鮮產人參

僧延一五臺山志曰產藥二人參鍾乳

陳嘉謨本艸蒙筌曰紫團參紫色稍扁百濟參白堅且圓名白條參俗名羊角參遼東參黃潤纖長有鬚俗名黃參獨勝高麗參近紫體虛新羅參亞黃味薄肖人形者神其類雞腿者力洪

本草綱目曰上黨今潞州也民以人参為地方害不復采取今所用者皆是遼参其高麗百濟新羅三國今皆屬于朝鮮矣其参猶来中國互市亦可收子於十月下種如種菜法秋冬采者堅寔春夏采者虚軟非地産有虚實也遼参連皮者黃潤色如防風去皮者堅白如粉偽者皆以沙参薺苨桔梗采根造作亂之沙参體虚無心而味淡薺苨體虚無心桔梗體堅有心而味苦人參體寔有心而味甘微帶苦自有餘味俗名金井玉闌也其似人

形者謂之狹兒參尤多贗僞宋蘇頌圖經本草所繪潞州者三椏五葉真人參也其滁州者乃沙參之苗葉沁州兖州者皆薺苨之苗葉其所曰江淮土人參者亦薺苨也並失之詳審今潞州者尚不可得則他處者尤不足信矣近又有薄夫以人參先浸取汁自啜乃晒乾復售謂之湯參全不任用不可不察

紫桃軒雜綴曰人參生上黨山谷者最良遼東次之高麗百濟又次之今人參惟產遼東東北者世

㝡貴重有私販入山海関者罪至大辟高麗次之每陪臣至得于館中貿易至上黨紫團參竟無過而問焉者

栗應宏游紫團山記曰由東峰入屏山遮地即為參園已墾為田久矣

按人參實生太行山西北諸山綿亘數千里皆受太行餘氣故上黨也　盛京也高麗也朝鮮也新羅百濟也其地皆繡壤相錯故皆產人參乃知西北諸山無不產人參者特以上党為貴

耳參之貴上黨猶朮之貴浙橘紅之貴廣也上党之貴紫團猶浙朮之貴於潛廣橘紅之貴新會也自紫團參所出有限不能應天下之求于是遼參始貴重於世自遼參既貴人遂不知有上党則不考古之過也

傅子曰先王之制九州異賦天不生地不生君子不以為禮若河内諸縣去壯山絶遠而各調出御上黨真人參者十斛下者五斛所調非所生民以為患

唐書地理志曰太原府土貢人蓡

宋王存九域志曰潞州上黨郡貢人参一千觔澤州貢人參十觔

明史食貨志曰太祖洪武初却貢人參以勞民故也

五雜俎曰人蓡出遼東上黨者最佳頭圓手足皆具清河次之高麗新羅又次之今生者不可得見其入中國者皆繩縛蒸而夾之故上有夾痕及麻綫痕新羅參雖大皆數片合而成之其力反減擣

參惟取透明如肉及近蘆有横紋則不患其僞矣

人參在本地價不甚高過山海關納稅加以內監高淮撤取動以數百斤計故近日佳者絶不至京師其中上者亦幾與白鏹同價矣

按寇宗奭所謂其價等銀者乃上黨參也雜俎所謂與白鏹同價者則已為遼參矣頃近日參價十倍黄金一百五六十倍白金而上黨參每觔僅值銀四五錢乃世人非遼參不服人情之忽近而圖遠附貴而忘賤類如此

王士正居易録曰新定刨參之例刨參人親王一百四十名人參七十觔世子一百二十名人參六十觔郡王一百名人參五十觔長子九十名人參四十五觔貝勒八十名人參四十觔貝子六十名人參三十觔鎮國公四十五名人參二十二觔半輔國公三十五名人參十七觔半護國将軍二十五名人參十二觔半輔國将軍二十名人參十觔奉國将軍十八名人參九觔奉恩将軍十五名人參七觔半准免関稅餘參每觔納稅六錢其出関

買參之人准于　盛京開原等處採買不許於打
牲之處採買云

東坡集自注曰正輔分人參一苗歸種韶陽

廣東新語曰粤無人參蘓長公嘗種于羅浮與地
黄枸杞甘菊香藷為羅浮五藥之圃

羅曰褧咸賔錄曰雲南姚安府産人參

吴儆邕州化外諸國土俗記曰牂牁國藥有牛黄
人參草果等

按姚安牂牁亦與高麗為近若韶陽羅浮則東

坡偶然戲種恐今亦無其種也

范蠡計然曰人蘗以狀類人者善

異苑曰人參生上黨者佳人形皆具能作兒啼昔有人掘之始下鏵便聞土中呻吟聲尋音而取果得人參

朱彛儀玄覽曰人蘗千歲爲小兒

羣芳譜曰其有手足面目似人形者更神效謂之孩兒參而假僞者尤多

爾雅翼曰欲試上黨真人參者當使二人同走一

與人參合之度走三五里許其不含者必喘含者氣息自如也

續博物志曰人參類薺苨

劉勰新論曰佞與賢相類詐與信相似辯與智相亂愚與直相像若薺苨之亂人參

按上黨參以形如防風根有獅子盤頭者真其硬紋者偽也心不空虛愈大愈妙與其大而空虛毋寧小而堅實今市肆所貨紅黨又名熟黨乃取江浙間土人參去皮淨煮極熟陰乾而成

者性下劣不可用遼參出寧古臺者光紅結實船厰出者空鬆鉛塞並有糙有熟今亂人參者匪獨蘇苊西洋人參產佛蘭國西大似白泡糙參但煎之其氣不香耳珠參出閩中形圓其皮肉絕類遼參若作飲片與參無辨其他以僞作真做小為大為弊滋多用者其詳慎之

卷一終

人葠譜卷二

性味

桐君采藥録曰人衘味苦

雷公炮炙論曰人薓微苦

北齊徐之才雷公藥對曰茯苓馬藺為之使惡溲疏鹵鹹反藜蘆一云畏五靈脂惡皂莢黑豆動紫石英

名醫別録曰人參昜蛀蚛唯納新器中密封可經年不壞

唐蕭炳四聲本草曰人參頻見風日則易蛀惟用盛過麻油瓦罐泡淨焙乾入華陰細辛與參相間收之密封可留經年一法用淋過竈灰晒乾罐收亦可

孫思邈千金方曰人參湯須用流水煮用止水則不驗

王充潛夫論曰治疾當得真人參反得蘿菔

朱震亨本草衍義補遺曰人參入手太陰與藜蘆相反服參一兩入藜蘆一錢其功盡廢也

李中梓本草通玄曰凡用必去蘆淨蘆能耗氣又能發吐也

按觀此今人以蓡鬚為補謬矣

神農本草經曰人銜根甘微寒無毒補五臟安精神定魂魄止驚悸除邪氣明目開心益智久服輕身延年

名醫別錄曰神草微溫療腸胃中冷心腹鼓痛胸脇逆滿霍亂吐逆調中止消渴通血脈補堅積令人不忘

甄權藥性本草曰主五勞七傷虛損痰弱止嘔噦補五臟六腑保中守神消胸中痰治肺痿及癇疾冷氣逆上傷寒不下食凡虛而多夢紛紜者加之

李珣南海藥譜曰止煩躁變酸水

日華子大明序集諸家本草曰消食開胃調中治氣殺金石藥毒

潔古珍珠囊曰人參性溫味甘微苦氣味俱薄浮而升陽中之陽也或曰陽中微陰治肺胃陽氣不足肺氣虛促短氣少氣補中緩中瀉心肺脾胃中

火邪止渴生津液瀉升麻引用補上焦之元氣瀉
肺中之火瀉茯苓引用補下焦之元氣瀉腎中之
火瀉麦門冬則生脉瀉乾姜則補氣
又曰人参甘温補肺之陽泄肺之陰肺受寒邪宜
此補之肺受火邪則反傷肺宜以沙参代之
藥象口訣曰人参為藥切要與甘草同功
李杲用藥法象曰人参甘温能補肺中元氣肺氣
旺則四臓之氣皆旺精自生而形自盛肺主諸氣
故也張仲景曰病人汗後身熱亡血脉沉遲者下

劑身涼脉微血虛者並加人參古人血脫者益氣蓋血不自生須得生陽氣之藥乃生陽生則陰長血乃旺也若單用補血藥血無由而生矣素問言無陽則陰無以生無陰則陽無以化故補氣須用人參血虛者亦須用之本艸十劑云補可去弱人參羊肉之屬是也蓋人參補氣羊肉補形形氣者有無之象也得黃耆甘草乃甘溫除大熱瀉陰火補元氣又為瘡家聖藥

雷斅炮炙論曰夏月少使人參發心痃之病

王好古湯液本草曰潔古老人言以沙參代人參取其味甘也然人參補五臟之陽沙參補五臟之陰安得無異雖云補五臟亦須各用本臟藥相佐使引之

王節齋本草集要曰凡酒色過度損傷肺腎真陰陰虛火動勞嗽吐血欬血等證勿用之蓋人參入手太陰能補火故肺受火邪者忌之若誤服參耆甘溫之劑則病日增服之過多則死不可治蓋甘溫助氣氣屬陽陽旺則陰愈消惟宜苦甘寒之藥

生血降火世人不識往往服參者爲補而死者多矣

汪機本草會編曰節齋王綸之說本於海藏王好古但綸又過于矯激丹溪言虛火可補須用參芪又云陰虛潮熱喘嗽吐血盜汗等證四物加人參黄蘗知母又云好色之人肺腎受傷欬嗽不愈瓊玉膏主之又云肺腎虛極者獨參膏主之是知陰虛勞瘵之證未嘗不用人參也節齋私淑丹溪者也而乃相反如此斯言一出印定後人眼目凡遇

前證不問病之宜用不宜輒舉以藉口致使良工掣肘惟求免夫病家之怨病家亦以此說橫之胸中甘受苦寒雖至上嘔下泄去死不遠亦不悟也古今治勞莫過于葛可久其獨參湯保真湯何嘗廢人參而不用耶節齋之說誠未之深思也

李言聞人參傳曰人參生時背陽故不喜見風日凡生用宜㕮咀熟用宜隔紙焙之或醇酒潤透㕮咀焙熟用並忌鐵器東垣李氏理脾胃瀉陰火交泰丸內用人參皂莢是惡而不惡也古方療月閉

四物湯加人參五靈脂是畏而不畏也又療痰在胸膈以人參藜蘆同用而取湧越是激其怒性也此皆精微妙奥非達權衡者不能知生用氣涼熟用氣温味甘補陽微苦補陰氣主生物本乎天味主成物本乎地氣味生成陰陽之造化也涼者高秋清肅之氣天之陰也其性降温者陽春生發之氣天之陽也其性升甘者濕土化成之味地之陽也其性浮微苦者火土相生之味地之陰也其性沈人參氣味俱薄氣之薄者生降熟升味之薄者

生升熟降如土虛火旺之病則宜生參涼薄之氣以瀉火而補土是純用其氣也脾虛肺怯之病則宜熟參甘溫之味以補土而生金是純用其味也東垣以相火乘脾身熱而煩氣高而喘頭痛而渴脉洪而大者用黃蘗佐人參孫真人治夏月熱傷元氣人汗出大泄欲成痿厥用生脉散以瀉熱火而救金水君以人參之甘涼瀉火而補元氣臣以麥門冬之苦甘寒清金而滋水源佐以五味子之酸溫生腎精而收耗氣此皆補天元之真氣非補

熱火也白飛霞云人參鍊膏服回元氣于無何有之鄉凡病後氣虛及肺虛嗽者並宜之若氣虛有火者合天門冬膏對服之孫真人云夏月服生脉散腎瀝湯三劑則百病不生李東垣亦言生脉散清暑益氣湯乃三伏瀉火益金之聖藥而雷斆反謂發心痃之病非矣痃乃臍旁積氣非心病也人參能養正破堅積豈有發痃之理觀張仲景治腹中寒氣上衝有頭足上下痛不可觸近嘔不能食者用大建中湯可知矣又海藏王好古言人參補

陽泄陰肺寒宜用肺熱不宜用節齋王綸因而和之謂參耆能補肺火陰虛火動失血諸病多服必死二家之說皆偏矣夫人參能補元陽生陰血而瀉陰火東垣李氏之說也明矣仲景張氏言亡血血虛者並加人參又言肺寒者去人參加乾薑無令氣壅丹溪朱氏亦言虛火可補參耆之屬實火可瀉芩連之屬二家不察三氏之精微而謂人參補火謬哉夫火與元氣不兩立元氣勝則邪火退人參既補元氣而又補邪火是反復之小人矣何

以與甘草苓朮謂之四君子耶雖然三家之言不可盡廢也惟其語有滯故守之者泥而執一遂視人參如蛇蝎則不可也凡人面白面黃面青黧悴者皆脾肺腎氣不足可用也面赤面黑者氣壯神强不可用也脉之浮而芤濡虛大遲緩無力沉而遲濇弱細結代無力者皆虛而不足可用也若弦長緊實滑數有力者皆火鬱内實不可用也潔古謂喘嗽勿用者痰實氣壅之喘也若腎虛氣短喘促者必用也仲景謂肺寒而欬勿用者寒束熱邪

壅鬱在肺之欬也若自汗惡寒而欬者必用也東垣謂久病鬱熱在肺勿用者乃火鬱于內宜發不宜補也若肺虛火旺氣短自汗者必用也丹溪言諸痛不可驟用者乃邪氣方銳宜散不宜補也若脾虛吐利及久病胃弱虛痛喜按者必用也節齋謂陰虛火旺勿用者乃血虛火亢能食脉弦而數涼之則傷胃溫之則傷肺不受補者也若自汗氣短肢寒脉虛者必用也如此詳審則人參之可用不可用思過半矣

李中梓醫宗必讀曰人参狀類人形功魁羣草第亦有不宜用者世之録其長者遂忘其短摘其瑕者并棄其瑜或當用而後時或非宜而妄設不蒙其利祇見其害遂使良藥見疑於世粗工亘騰其口良可慽也人参能理一切虚證氣虚者固無論矣血虚者亦不可缺無陽則陰無以生血脱者補氣自古記之所謂肺熱還傷肺者肺脉洪實火氣方逆血熱妄行氣尚未虚不可驟用痧瘮初發身雖熱而斑點未形傷寒始作症未定而邪熱方熾

若悮揆之鮮克免者

本草通玄曰人參職專補氣而肺為主氣之藏故獨入肺經也肺家氣旺則心脾肝腎四藏之氣皆旺故補益之功獨魁羣草凡人元氣虛衰譬如令際嚴冬黯然肅殺必陽春布德而後萬物發生人參氣味温和合天地春生之德故能回元氣于無何有之鄉

又曰肺家本經有火右手獨見實脉者不可驟用即不得已用之必須鹹水焙過秋石更良蓋鹹能

潤下且參畏鹵醎故也若夫腎水不足虛火上炎乃刑金之火正當以人參救肺何忌之有

楊起簡便方論曰人參功載本草人所共知近因病者吝財薄醫醫復筭本惜費不肯用參療病以致輕者至重重者至危然有肺寒肺熱中滿血虛四證只宜散寒消熱消脹補營不用人參其說近是殊不知各加人參在內護持元氣力助群藥其功更捷若曰氣無補法則謬矣古方治肺寒以溫肺湯肺熱以清肺湯中滿以分消湯血虛以養營

湯皆有人参在焉所謂邪之所腠其氣必虚又曰養正邪自除陽旺則生陰血貴在配合得宜爾庸醫每謂人参不可輕用誠哉庸也好生君子不可輕命薄醫醫亦不可計利不用書此奉勉幸勿曰迂

本草綱目曰人参治男婦一切虚證發熱自汗眩運頭痛反胃吐食痎瘧滑瀉久痢小便頻數淋瀝勞倦内傷中風中暑痿痺吐血嗽血下血血淋血崩胎前産後諸病

李士材本草徵要曰人參味甘微温無毒入肺脾二經茯苓為使惡鹵鹹反藜蘆畏五靈脂去蘆用其色黄中帶白大而肥潤者佳補氣安神除邪益智療心腹寒痛除胸脇逆滿止消渴破堅積氣壯而胃自開氣和而食自化

又曰人參多用則宣通少用反壅滯

按遼參力大而德不足故能回元氣於頃刻而虚人易不受補每致凝滯作脹黨參力小而德性醇良故初服若平淡無功而益元氣於不知

不覺君子取物以德為優故黨參自古貴爲自世醫不知有明以前古方所用人參皆是今之上黨參而概以遼參代之於是氣凝滯則邪不能出傷寒一門不可用矣氣凝滯則血不能降産後一門不可用矣氣凝滯則毒不能發癰疽初起不敢用矣氣凝滯則惡不能去瘰癧方熾不敢用矣氣凝滯則聚痰不可施於中風氣凝滯則助火不可施于虛癆遂百試而無效且受其殃於是遂屏人參而不用甚或畏之如茗吻

不知上黨參故在也乃令諸虚百疾坐俟其死而莫之救是可悲也然則遼參之可用者奚若其人宜服十全大補湯者可用六君子兼香燥導氣之藥可用補中益氣生脉散可參用若小柴胡參蘇飲人參敗毒散等則必不可用總之諸方之以參為君者專收補益之功遼參力大可任其以參為臣佐使者别有配合之妙遼參滯氣必不可用然而虚人驟補服遼參者或現火象或作脹滿或作煩悶或作酸嘔譬如方正

之君子性陽剛而寡合昌若黨參之同為方正之君子性尤和厚而可親也是在良工神而明之叅互而用之古人云人參以上黨為良古人豈欺余哉

卷二終

人葠譜卷三

方療

本草綱目曰人参膏用人参十兩細切以活水二十盞浸透入銀石器内桑柴火緩緩煎取十盞濾汁再以水十盞煎取五盞與前汁合煎成膏瓶收隨病作湯使丹溪曰多慾之人腎氣衰憊欬嗽不止用生薑橘皮煎湯化膏服之

千金方曰人参末一兩鍊成積豬肥肪十兩以醇酒和匀每服二盃日再服服至百日耳目聰明骨

髓充盈肌膚潤澤開心益智日記千言兼去風熱

痰病

蘇頌曰張仲景治胷痺心中痞堅留氣結胸胸滿脇下逆氣搶心治中湯主之即理中湯人參朮乾薑甘草各三兩四味以水八升煑三升每服一升日三服隨證加減此方自晉宋以後至唐名醫治腹病者無不用之或作湯或蜜丸或為散皆有奇效胡洽居士治霍亂謂之溫中湯陶隱居百一方曰霍亂餘藥乃或難求而治中方四順湯厚朴湯

不可暫缺常須預合出隨也唐石泉公王方慶曰數方不惟霍亂可醫諸病皆療也四順湯用人參甘草乾薑附子炮各二兩水六升煎二升半分四服

惠民和濟局方曰四君子湯治脾胃氣虛不思飲食諸病虛者以此為主人參一錢白朮二錢白茯苓一錢炙甘草五分薑三片棗一枚水二鍾煎一鍾食前溫服隨證加減

陳抃經驗方曰開胃化痰不思飲食不拘大人小

兒人參焙二兩半夏薑汁浸焙五錢為末飛羅麪作糊丸綠豆大食後薑湯下三五十丸日三服聖惠方加陳橘皮五錢

又曰泠痢厥逆六脉沉細人參大附子各一兩半每服半兩生薑十片丁香十五粒粳米一撮水二盞煎七分空心溫服

又曰狗咬風傷腫痛人參置桑柴炭上燒存性以盌覆定少頃為末摻之立瘥

華陀中藏經曰吐血下血因七情所感酒色內傷

氣血妄行口鼻俱出心肺脉破血如湧泉須臾不
救用人参焙側柏葉蒸焙荆芥穗燒存性各五錢
爲末用二錢入飛羅麪二錢以新汲水調如稀糊
服少頃再啜一服立止
張仲景金匱方曰食入即吐人参半夏湯用人参
一兩半夏一兩五錢生薑十片水一斗以杓揚二
百四十遍取三升入白蜜三合煮一升半分服
葛可久十藥神書曰虚勞吐血甚者先以十灰散
止之其人必困倦法當補陽生陰獨参湯主之好

人參一兩肥棗五枚水二鍾煎一鍾服熟睡一覺
即減五六繼服調理藥
吴綬傷寒蘊要曰夾陰傷寒先因慾事後感寒邪
陽衰陰盛六脉沉伏小腹絞痛四肢逆冷嘔吐清
水不假此藥無以回陽人參乾薑炮各一兩生附
子一枚破作八片水四升半煎一升頓服脉出身
温即愈
王璆百一選方曰凡傷寒時疫不問陰陽老幼妊
婦誤服藥餌困重垂死脉沉伏不省人事七日以

後皆可服之百不失一此名奪命散又名復脉湯人參一兩水二鍾緊火煎一鍾以井水浸冷服之少頃鼻梁有汗出脉復立瘥蘇韜光侍郎云用此救數十人予作清流宰縣倅申屠行輔之子婦患時疫三十餘日已成壞病令服此藥而安

又曰怔忡自汗心氣不足也人參半兩當歸半兩用豶豬腰子二個以水二盞煮至一盞半取腰子細切人參歸同煎至八分空心喫腰子以汁送下其滓焙乾爲末以山藥末作糊丸綠豆大每服五

十丸食遠棗湯下不過兩服即愈此昆山神濟大師方也一加乳香二錢

葛洪肘後百一方曰喘急欲絶上氣鳴息者人参末湯服方寸匕日五六服效

沈存中靈苑方曰上氣喘急嗽血吐血脉無力者人参末每服三錢雞子清調之五更初服便睡去枕仰臥只一服愈年深者再服咯血者服盡一兩甚好一方以烏雞子水磨千遍自然化作水調藥尤妙忌醋鹹腥醬麪鮓醉飽將息乃佳

趙永菴方曰房後困倦人參七錢陳皮一錢水一盞半煎八分食前温服日再服千金不傳

方賢奇效良方曰虛勞發熱愚魯湯用上黨人參銀州柴胡各三錢大棗一枚生薑三兩水一鍾半煎七分食遠温服日再服以愈為度

朱氏集驗方曰欬嗽吐血人參黄耆飛羅麪各一兩百合五錢為末水丸梧子大每服五十丸食前茅根湯下又方用人參乳香辰砂等分為末烏梅肉和丸彈子大每白湯化下一丸日一服

又曰消渴引飲用人參栝樓根等分生研為末煉蜜丸梧子大每服百丸食前麥門冬湯下日二服以愈為度名玉壺丸忌酒麪炙煿

鄭氏家傳曰消渴引飲用人參一兩粉草二兩以雄猪膽汁浸炙腦子半錢為末蜜丸芡子大每嚼一丸冷水下

聖濟總録曰胃寒氣滿不能傳化易饑不能食人參末二錢生附子末半錢生薑二錢水七合煎二合雞子清一枚打轉空心服之

又曰消渴引飲用人参一两葛粉二两為末發時以燖猪湯一升入藥三錢蜜二两慢火熬至三合狀如黑餳以瓶收之每夜以一匙含嚥不過三服取效也

又曰霍亂吐瀉煩躁不止人参二两橘皮三两生薑一两水六升煮三升分三服

又曰衂血不止人参柳枝寒食采者等分為末每服一錢東流水服日三服無柳枝用蓮子心

周憲王普濟方曰脾胃虛弱不思飲食生薑半觔

取汁白蜜十两人参末四两銀鍋煎成膏每米飲
調服一匙
楊起簡便方曰胃虚惡心或嘔吐有痰人参一两
水二盞煎一盞入竹瀝一盃薑汁三匙食遠温服
以知為度老人尤宜
又曰止嗽化痰人参末一两明礬二两以釅醋二
升熬礬成膏入人参末煉蜜和收每以豌豆大一丸
放舌下其嗽即止痰自消
又曰一小兒七歲聞雷即昏倒不知人事此氣怯

也以人參當歸麥門冬各二兩五味子五錢水一斗煎汁五升再以水五升煎去滓取汁二升合煎成膏每服三匙白湯化下服盡一觔自後聞雷自若矣

杜思敬濟生拔萃方曰胃寒嘔惡不能腐熟水穀食即嘔吐人參丁香藿香各二錢半橘皮五錢生薑三片水二盞煎一盞温服

危氏得效方曰忽喘悶絕不能語言涎流吐逆牙齒動摇氣出轉大絕而復蘇名傷寒併熱霍亂大

黃人參各半兩水二盞煎一盞熱服可安

又曰脇破腸出急以油抹入煎人參拘杞汁淋之内喫羊腎粥十日愈

孟詵食療本草曰肺虛久欬人參末二兩鹿角膠炙研一兩每服三錢用薄荷豉湯一盞葱少許入銚子煎一二沸傾入盞内遇欬時温呷三五口甚佳

嚴用和濟生方曰陽虛氣喘自汗盜汗氣短頭運人參五錢熟附子一兩分作四帖每帖以生薑十

斤流水二盞煎一盞食遠温服
又曰產後秘塞出血多以人參麻子仁枳殼麩炒
爲末煉蜜丸梧子大每服五十丸米飲下
宋太宗太平聖惠方曰霍亂煩悶人參五錢桂心
半錢水二盞煎服
又曰產後發喘乃血入肺竅危症也人參末一兩
蘇木二兩水二盌煮汁一盌調參末服神效
又曰心下結氣凡心下硬按之則無常覺膨多食
則吐氣引前後噫呃不除由思慮過多氣不以時

而行則結滯謂之結氣人參一兩橘皮去白四兩
為末煉蜜丸梧子大每米飲下五六十丸
經驗良選方曰下痢禁口人參蓮肉各三錢以井
華水二盞煎一盞細細呷之或加薑汁炒黃連三
錢
十便長方曰老人虛痢不止不能飲食上黨人參
一兩鹿角去皮炒研五錢為末每服方寸匕米湯
調下日三服
李絳兵部手集曰反胃嘔吐飲食入口即吐困弱

無力垂死者上黨人参三大两拍破水一大升煑取四合熱服日再兼以人参汁入粟米鷄子白薤白煑粥與噉李直方司勲於漢南患此两月餘諸方不瘥遂與此方當時便定後十餘日遂入京師絳每與名醫論此藥難可為儔也

朱端章衛生家寶方曰霍亂嘔惡人参二两水一盞半煎汁一盞入鷄子白一枚再煎温服一加丁香

經驗方曰筋骨風痛人参四两酒浸三日晒乾土

茯苓一觔山慈姑一兩為末煉蜜丸梧子大每服一百丸食前米湯下

陳言三因方曰傷寒厥逆身有微熱煩燥六脉沉細微弱此陰極發躁也無憂散用人參半兩水一鍾煎七分調牛胆南星末二錢熱服立甦

又曰陰虛尿血沙淋石淋人參焙黃耆炙等分為末用紅皮大蘿蔔一枚切作四片以蜜二兩將蘿蔔逐片蘸炙令乾再炙勿令焦以蜜盡為度每用一片蘸藥食之仍以塩湯送下以瘥為度

談埜翁試效方曰齒縫出血人参赤茯苓麥門冬各二錢水一鍾煎七分食前温服日再蘇東坡浔此自謂神奇後生小子多患此病予累試之累如所言

劉昌詩蘆浦筆記治喘方曰彭子壽侍郎一方用新羅人参一两為末雞子清和為丸如桐子大陰乾每服百粒温臘茶清下一服立止

按此方亦治消渴引飲見本草綱目

丹溪纂要曰虛瘧發熱人参二錢二分雄黄五錢

為末端午日用粽尖搗丸梧子大發日侵晨井華水吞下七丸發前再服忌諸般熱物立效一方加神麯等分

又曰一人形實好飲熱酒忽病目盲而脉濇此熱酒所傷胃氣汚濁血死其中而然以蘇木煎湯調人參末一錢服次日鼻及兩掌皆紫黑此滯血行矣再以四物湯加蘇木桃仁紅花陳皮調人參末服數日而愈

丹溪摘玄曰肺熱聲啞人參二兩訶子一兩為末

噙嚥

丹溪醫案曰一婦嗜酒胃生一疽脉緊而濇用酒炒人参酒炒大黄等分為末薑湯服一錢淂唾汁出而愈

居易錄曰宗人通政使司右通政青巖焯傳一方治男婦氣血虧損即喘嗽寒熱重症能治之其方止用人参一分真三七二分共為末無灰熱酒調服二煎三煎皆如前日服三次有奇効

惠民和劑局方曰妊娠吐水酸心腹痛不能飲食

人參乾薑炮等分為末以生地黃汁和丸梧子大
每服五十丸米湯下
楊拱醫方摘要曰產後血運人參一兩紫蘇半兩
以童尿酒水三合煎服
陳自明婦人良方曰產後不語人參石菖蒲石蓮
肉等分每服五錢水煎服
李仲南永類鈐方曰產後諸虛發熱自汗人參當
歸等分為末用豬腰子一個去膜切小片以水三
升糯米半合葱白二莖煮米熟取汁一盞入藥煎

至八分食前温服

又曰横生倒産人參末乳香末各一錢丹砂末五分研匀雞子白一枚入生薑自然汁三匙攪匀冷服即母子俱安神效此施漢鄉方也

楊士瀛仁齋直指方曰小兒驚後瞳人不正者人參阿膠糯米炒成珠各一錢水一盞煎七分温服日再服愈乃止效

許學士本事方曰小兒脾風多因人參冬瓜仁各半两南星一两漿水煮過爲末每用一錢水半盞

煎三分溫服

汪機本草會編曰蕭山魏直著博愛心鑑三卷言小兒痘瘡惟有順逆險三證順者為吉不用藥逆者為凶不必用藥惟險乃悔吝之象當以藥轉危為安宜用保元湯加減主之此方原出東垣治慢驚土衰火旺之法今借而治痘以其內固營血外護衛氣滋助陰陽作為膿水其證雖異其理則同去白芍藥加生薑改名曰保元湯炙黃耆三錢人參二錢炙甘草一錢生薑一片水煎服之險證者

初出圓暈乾紅少潤也將長光澤頂陷不起也既出雖起慘色不明也漿行色灰不榮也漿定光潤不消也漿老濕潤不斂也結痂而胃弱內虛也痂落而口渴不食也痂後生癰腫也癰腫潰而斂遲也凡有諸證並宜此湯或加芎藭加官桂加糯米以助之

經濟方曰小兒喘欬發熱自汗吐紅脉虛無力者人参天花粉等分每服半錢蜜水調下以瘥為度

衛生寶鑑曰小兒風癇瘛瘲用人参蛤粉辰砂等

分為末以猳猪心和血丸緑豆大每服五十丸金銀湯下一日二服大有神效

夏子益怪證奇疾方曰有人臥則覺身外有身一樣無別但不語盖人臥則魂歸於肝此由肝虛邪襲魂不歸舍病名曰離魂用人參龍齒赤茯苓各一錢水一盞煎半盞調飛過朱砂末一錢睡時服一夜一服三夜後真者氣爽假者即化矣

又曰氣奔怪病人忽遍身皮底混混如波浪聲痒不可忍抓之血出不能解謂之氣奔以虎杖人參

青鹽細辛各一两作一服水煎細飲盡便愈

傅滋醫學集成曰蜈蚣咬傷嚼人參塗之

戴原禮證治要訣曰蜂蠆螫傷人參末傅之

臞仙山棲志曰鮮參葉可代茗飲

剪燈叢話曰採人參花陰乾為末和香粉令婦人傅面百日光華射人

按古人知正本清源之義驅邪必先固本故立方多用人參仲景垂一百一十三方用人參者什七茲皆不録録其以參為君者

卷三終

人參譜卷四

故實

晉書石勒載記曰勒居武鄉北原山下草木皆有鐵騎之象家園中人參花葉甚茂悉成人狀

南史隱逸傳曰阮孝緒母王氏有疾合藥須得生人參舊傳鍾山所出孝緒躬歷幽險累日不逢忽見一鹿前行孝緒感而隨後至一所遂滅就視果獲此草

卓異記曰駱瓊採藥北山月下見紫衣童子歌曰

山涓涓兮樹蒙蒙明月愁兮當夜空烟茂密兮垂枯松遂於古松下得參一本食之而壽

隋書五行志曰高祖時上黨有人宅後每夜有人呼聲求之不得去宅一里所但見人參一本枝葉峻茂因掘去之其根五尺餘具體人狀呼聲遂絕蓋艸妖也視不明之咎時晉王陰有奪宗之計諂事親要以求聲譽譖皇太子高祖惑之人參不當言有物憑之上黨黨與也親要之人乃黨晉王而譖太子高祖不悟聽邪言廢無辜有罪用因此而

亂也

按湯調鼎辨物志謂隋高祖時云云占者謂晉王陰謀奪宗故妖草生非也人參如人形者食之得仙根至五尺而具人狀蓋歲久神靈之物而上黨又人參之所出惜時無張華其人故其物不著耳

五雜俎曰千年人蓡根作人形中夜常出游烹而食之則仙去相傳有女道士師弟二人居深山中一日其徒汲水於井畔見一嬰兒抱歸成一樹根

師大喜烹之水熟以糧盡下山為水阻不得還徒
飢聞甑中氣香美食之比師歸已飛昇矣
宣室志曰唐天寶中有趙生者其先以文學顯兄
弟四人俱以進士明經入仕獨生性魯鈍雖讀書
然不能分句詳義由是年壯尚不得為郡貢一日
去家遁去隱晉陽山葺茅為舍生有書百餘篇笈
而至山中晝習夜思不憚勞苦厥後旬餘有翁衣
褐来造之謂生曰子居深山中讀古人書豈有志
於祿仕乎雖然學愈久而卒不能分句詳義何蔽

滯之甚耶生謝曰僕不敏自度老且無用故居深
山讀書自悅雖不能達其精微然必欲終於志業
不辱先人又何及於祿仕乎翁曰吾子志趣甚堅
老夫雖無所能誠有補於君幸一訪我耳因徵其
所止翁曰吾叚氏家於山西大木之下言竟忽亾
所見生怪之徑往山西尋其跡果有椵樹蕃茂生
曰豈非叚氏乎因持鍤發其下得人參長尺餘甚
肖所遇翁之形生曰吾聞人參能爲怪者又可愈
疾遂瀹而食之自是明悟所覽書自能窮與後歲

餘明經及第
神仙感遇傳曰維陽十友者皆家産粗豊守分知足慕玄知道相約爲弟兄時海内大安民人皆悦遂以酒食爲娛自樂其志始於一家周於十室率以爲常忽有一老叟衣服滓敝氣貌羸弱似貧寠不足之士亦着麻衣領十人来以造其會衆既適情亦皆憫之不加斥逐醉飽自去莫知所之一旦言於衆曰余力困之士也幸衆人許陪坐末不以爲責今十人置宴皆得預之席既周會亦願力爲

一席以荅厚恩約以他日願得同往至期十友如其言相率以待凌晨貧叟果至相引徐步詣東塘郊外不覺爲遠草莽中茆屋兩三間傾側欲摧引入其下有丐者數輩在焉皆是蓬髮鶉衣形狀穢陋叟至丐者相顧而起墻立以俟其命叟令掃除舍下陳列藁除布以營席相邀環坐日已旰矣咸有飢色久之各以醯盬竹筋置於客前逡巡數輩共舉一巨板如案長四五尺設於席中以油帊幕之十友相顧謂必濟飢甚以爲喜既撤油帊氣燻

燑然尚未可辨久而視之乃是蒸一童兒可十數歲已糜爛矣耳目手足半已墮落叟揖讓勸勉使衆就食衆深嫌之多托以飫飽亦有忿恚遁去都無肯食者叟縱食飡啖似有盈味食之不盡即命諸丐持去令盡食之因謂諸人曰此所食者千歲人參也頗甚難求不可一遇吾得此物感諸公延遇之恩聊欲相報且食之者白日昇天身為上仙衆既不食其命也夫衆驚異悔謝不及叟促問諸丐令食訖即來餓而丐者化為青童玉女幡蓋導

從一時昇天十友刳心追求更莫能見
稽神録曰豫章逆旅梅氏頗濟惠行旅僧道投止皆不求値恒有一道士衣服藍縷求止其家梅厚待之一日謂梅曰吾明日當設齋從君求新瓷碗二十事及七筯君亦宜来會可于天寶洞前訪陳師也梅翌日詣洞前問其村人莫知其處偶得一小逕甚明静試尋之果得一院有青衣童應門問之乃陳之居也既入見道士衣冠華潔延坐命具食乃熟蒸一嬰兒梅懼不食良久又進一蒸犬子

梅亦不食道士歎息命取昨所得碗贈客視之乃金碗也謂梅曰子善人也雖然不得仙千歲人參枸杞皆不肯食乃分也謝而遣之曰此而後不可澓繼見矣

居易録曰王屋山有烟蘿子祠祠前有洗參井祠即煙蘿子宅址也烟蘿子者晉天福間人世傳煙蘿子佃陽臺宮田苦積功行忽一日於山中得異參闔家食之拔宅上昇云

陶穀清異録曰咸通後士風尚於正旦未明佩紫

赤囊中盛人参木香如豆樣時時傾出嚼吞之至
日出乃止號迎年佩
夢溪筆談曰王荆公病喘藥用紫團山人参不可
得時薛師政治河東還適有之贈公數两不受人
有勸公曰公之疾非此藥不可治疾可憂藥不足
辭公曰平生無紫團参亦活到今日竟不受
墨莊漫録曰元祐間明州士人陳生附賈舶泛海
遇風引至一島見有精舍金碧明煥榜曰天宮之
院堂上一老人擾牀而坐神觀清臞左右環侍白

袍烏巾者約三百餘人自言皆中原人唐末避亂至此不知今幾甲子也山嶺一亭榜曰笑秦問老人為誰曰唐相裴休也山中生人蓡甚大多如人形生欲乞數本老人曰此物鬼神所護惜不可經涉海洋山中金玉任爾取之

宣和書譜曰邉鸞長安人丹青馳譽於時常轉徒澤潞間畫帶根五參極工巧

詩文

錢起紫蔘歌并序曰紫蔘幽芳也五葩連萼狀飛

禽羽舉俗名之五鳥花故山道人蘭若豊丗藥校書劉公詠歌俾余繼作遠公林下滿蒼苔春藥偏宜間石開往往幽人尋水見時時仙蝶隔雲来陰陽彫刻花如鳥對鳳連雞一何小春風宛轉虎谿旁紫葉紅翅翻霽光貝葉經前無住色蓮花會裏暫留香蓬香才子憐幽性白雪陽春動新詠應知仙卉老煙霞莫賞夭桃滿蹊徑

皮日休謝人參詩曰神草延年出道家是誰披露記三椏開時的定濕雲液斷後還應帶石花名士

寄来消酒渴野人煎處掇泉華從今湯劑如相續
不用金山焙上茶
陸龜蒙和詩曰 五葉初成椵樹陰紫團峰外即雞
林名參鬼蓋須難見材似人形不可尋品第已聞
升碧簡攜持應合重黃金殷勤潤取相如肺封禪
書成動帝心
段成式求人蓡詩曰少賦令才猶彊作衆醫多失
不能呼九茎仙草真難得五葉靈根許惠無
周繇以人蓡遺柯古詩曰人形上品傳方志我得

真英自紫團慚非叔子空持藥更請伯言審細看
韓翃送人之潞州詩曰官柳青〻匹馬嘶回風暮
雨入銅鞮佳期別在春山裏應是人參五葉齊
東坡小圃五詠人蓡一首曰上黨天下脊遼東真
井底玄泉傾海腴白露灑天醴靈田此孕毓肩股
或具體移根到羅浮越水灌清泚地殊風雨隔臭
味終祖禰青椏綴紫萼圓實墮紅米窮年生意足
黃土手自啓上藥無炮炙齕齧盡根柢開心定魂
魄憂恚何足洒糜身輔吾軀既食首重稽

又以紫團參寄王定國詩曰硌砑土門口突兀太
行頂豈惟紫團雲實自凌倒景剛風被草木真氣
入苕穎舊聞入銜芝生此羊腸嶺纖〻虎豹鬣蹙
縮龍蛇癭蠹頭試小嚼龜息變方騁矧予明真子
已造浮玉境清宵月挂戶半夜珠落井灰心寧復
然汗喘久已靜東坡猶故日北藥致遺柬欲持三
椏根往侑九轉鼎為予置齒頰豈不賢酒茗
宋謝翱效孟郊體曰移參窓北地經歲日不至悠
悠荒郊雲背植足陰氣新雨養陳根乃復作藥餌

天涯葵藿心 憐爾獨種參
又送上黨長詩曰春雨人參長紫苗縣庭無事坐
終朝俯看雲氣千山裏野有新田市有謠
章孝標送金可紀歸新羅詩曰想把文章合夷藥
蟠桃花裏醉人蓡
王建上七泉寺上方詩曰將火尋遠泉煮蓡傍寒
松
黃庭堅送顧子敦赴河南詩曰紫參可掘宜包貢
青鐵無多莫鑄錢

元好問王學士熊岳圖詩曰洗葠池水甜如蜜玉堂仙翁髮如漆

楊慎藥市賦曰人参三椏来自高句驪之國桃九枝折出于嶲昆明之陬

東坡與錢世雄簡曰昨夜齒中出血如丘蚓者無數若專是熱毒根源不淺即令諸藥盡卻惟取人参茯苓麥冬瀹湯渴即飲之莊生云在宥天下未聞治天下也三物可謂在宥矣此而不愈則天也

沈懋孝說参一首贈鶴琴高醫士曰昔者嘗問醫

之指於五臺子五臺子之言曰醫之用莫良乎四君君者養生主也四君尤莫良乎參參者叅元氣而為言也岐黄標諸正經曰味甘氣平而無毒百療弗得弗奏功焉其文直甚予恠近世諸醫之妄也迺亟稱苦寒諸藥有奇功而謗參為助火長病庸工沿其説至于今猶謂參有一旦卒然之害此何異三至之口謗魯國之參之殺人也子第視諸岐黄本文參之害有無哉凡藥先辨氣味子以為味甘氣平而能為害有是哉設用弗當夫亦若梁

穀之溢飽一食頃即止耳安得藴毒若烏附比乎
余聞而善之未有徵也辛未春余患咯血晝夜弗
止者月餘衆工咸謂血逆是熱以四物主治益以
諸寒病日甚又有以苓术治者弗用參亦弗効獨
鶴琴氏脉之曰此思慮傷脾症宜以歸脾治其必
以參乎宜輟諸寒以甦元氣乃可耳一服血減三
服血除百服而氣平吾于是歎五臺子之篤論而
偉鶴琴之達理也當是時衆工咸溺於助火長病
素有參戒議弗可決向非鶴琴氏之斷弗能盡參

之用而非習聞五臺子之論安能盡鶴琴之用哉
世未嘗無靈藥亦不患無醫師事會不叅合不可
以展大用嗟夫功名之際不大難哉他日病愈過
五臺子又相與論曰君實有曰吾言如人参甘草
蓋歎味之平益之長又迂其效之遲也夫藥之偏
寒偏燥者豈無一時可喜之能而其和平淡泊者
難以計旦夕尺寸之效聖人品別養性之劑終不
以一時可喜之能加諸和平淡泊之上是故一旦
緩急可以定傾持危終身服食可以益元永命彼

偏枯之物時或奔走佐使其間亦足以效一曲之用而第不使之專且久此聖人所以區别群材扶元氣于不窮也淵乎哉四君子之稱吾得用世術矣于是合前後所與論參者書之贈鶴琴氏鶴琴氏曰元氣得參以維持參亦借元氣為用公能啚神却慮以療未病則善矣而鶴琴家有醫書數千卷嘗告予欲刊定醫指成一家言異者者必以五臺子之說〻參焉

按司馬公謂吾言如人參甘草盖取其和平淡

洎德之優也惟上黨参為然乃世人喜遼参力洪用之不當百疾叢生於是或咎参之殺人此真同名之参誤聖門之参也夫尚力而不尚德豈特不可與治疾哉

卷四終

嘉興楊士尊鐫

春草遺句

序春草遺句

維余有弟三人仲曰炌叔曰炘季曰爌炌炘二弟皆能詩而早夭其遺箱剩篋蓋不忍啓者七八年矣今歲長夏曝書恐其蒸鬱霉爛乃拭淚啟之見其詩筆皆斐然有足傳者爰命季弟爌手鈔得全篇一百八十餘首余復删存如左特以書蹟相似不復能辨為何弟之作統名之曰春草遺句取謝康樂夢惠連得池塘生春草之句以志慨也時乾隆戊子六月四日泫然題於萎蒿邨之清晏堂伯

兄烜

附題句

舊時聽雨對牀處荊樹生枝又一園田首池塘春草歇眼前怕見鶺鴒飛

春草遺句

平湖陸烜刪定本

公無渡河

公無渡河渡河最苦河伯不仁孤兒失怙

枯魚過河泣

枯魚過河泣泣下嗟何及不似織綃人賣珠時出入

折楊柳歌

折楊柳莫折楊柳芽郎似楊柳葉妾比楊柳花葉

為青絲纒馬首花作浮萍逐水涯

禽言

勃鴣鴣同聲呼昨日為棄婦今宵逢故夫天上陰晴渾不定林中那淂長歡娛

巫山高

巫山高高無極海水深深不測何況高唐之美人縹緲虛無那可即三十六鱗充遠使一十二峰空顔色朝雲暮雨到今疑寧必舟人在其側

戲和謝芳姿團扇歌二首

團扇復團扇何如新便面題詩持贈君莫遣他人見

團扇復團扇半遮紅粉面今朝別淚滋何日重相見

行路難

行路難不在山不在海只在尋常履道間可以南可以北岐中有岐朱公哭

感遇二首

芃芃爨下桐歷歷柯亭竹一朝遇知音賞識非常

木斲為琴與笛清貴駃流俗夜月吹一聲春風彈
一曲廻視為薪椽不材徒碌碌
神奇化臭腐臭腐復神奇文章無定價千古貴心
知所以失意人旋有得志時錦衣歸故鄉昔日負
薪兒富貴如浮雲悠悠寄我思

九日遊陳山

重陽天氣佳日出雲飛還杖策歷郊坰踏破苔痕
斑丹楓遮栁岸古寺遠塵寰仰睇空山巔巉巖那
可攀紆餘盤松磴解脫離禪關試酌寒潭水因之

清心顏何當謝塵網高卧龍湫山

瓶桂

八月桂花開鄉園靡不有在昔重攀條一枝落我手淮南駐小山端伯呼仙友合供胆瓶中天香盈几牖更沓送鼻風無隐談禪口位置硯池邊勝簪美人首紛紛金粟飄拂拭頻携帚明月照軒楹及時具樽酒

歲暮雜感

逼人太咄咄爆竹四鄰喧借問此何時貞下復起

元俗情計衣食到此愈勞繁有無思相矐紛紛何
足論深山不可往快事惟閉門爇香净埽地讀書
不盡言

春江觀打魚歌

小春時節風日踈木葉初脱浮湘漁江潭薄暮拏
舟至觀者如堵来于于打魚難教一網盡致令罾
者求其餘橛頭羅列非獺祭水尾承筐或燕胥逝
梁發笱無不可数罟不入語徒虚問誰得失忘筌
去臨淵而羨寧愁余君不見莊生與惠子濠濮之

樂樂何如

立夏日俗有鬥茶之戲因作茶話

安排茶灶筆牀前松風謖謖鶴避煙活水活火急相煎魚眼蟹眼噴青天盧仝七椀羽三篇滌煩解渴醒醉眠含黃泛綠浮花妍客窓僧舍時留連黨家風味無此賢嘲以酪奴殊茫然詎惟當酒寒沍便令朝水厄猶堪憐

演騷

平生已是蓼忘辛小智何如葵衛足倒食蔗竿境

漸佳耽唫橄欖人非俗本來性亘不因麻從此家貧長啜菽剪韭苦無半畝田牽蘿聊補三間屋杏林春色眩雙眸桂樹秋光賒一匊晚遇終嗟釁下桐孤標自賞籬邊菊歐陽畫荻壞鬆黃懷素書蕉天亦綠名士愛嘗竹葉春佳人慣唱栁枝曲榴房多子幸相歡蕙帳無人嗟獨宿以芥為舟不可登將蘆作絮何堪服晚山重疊怨靡蕪朝日團圞吟苜蓿髮短休猜李下冠手談虛想橘中局乘槎有志搃茫茫行藥無心徒碌碌小閣渴將葭管吹明

窓且把蒲編讀

御溝紅葉行

天宇高高欠飛翼古水如刀流不息象床簟卷金氣凉淚洒霜楓染鞓色描来好句抛波心一朶秋雲漾無力濺衣拾置懷袖中宮墻猶把芳情隔三年展看殷復殷碧落迢迢心惻惻良媒作讖忽有期瑣窓午夜銀燈炙香痕如故字宛然翻似新交逢舊識君不見璇閣詩成又剪桐一隨流水一隨風伯勞飛燕常相見付與天邉雪爪鴻

未央宮瓦硯歌

漢主離宮三十六未央前殿月輪速一朝歌舞罷平陽露井桃花幾開落遺址難尋荆棘中猶存片瓦塵埃伏良工心苦琢而磨銅爵香姜成鼎足嗜古文人癖嗜痂寶之不啻貯金屋琉璃匣底自珍藏翡翠林邊同玩蓄吁嗟乎桑硯磨穿業未成沙之汰之在後覺羆豪何敢試羅紋作此好歌聊免俗

井

轆轤之形圓如轂爾何轉輾為人逐或云兹水不波瀾譬彼幽人在空谷狰獰玉虎踞銀床殘綆汲甘香可掬踈桐葉落又驚秋永夜寒蛩聲斷續

詠早螢仿梁簡文體

熠燿何微細飛飛應候生質靡棲腐草星漘逐浮萍晴砌何由撲暗房空自明天公留未照展帙藉囊螢

春日郊行

步屧東郊外春風欲斷魂埜花生水岕新栁罩漁

村日暖鸎啼樹地偏犬護門鄉園景物好有酒試開樽

曝背

今歲春光好天寒日自妍閉門無一事曝背向籬前鳥語鄰家樹鷄聲茅屋炯東風空料峭昨夜小樓邊

雨

梅子黃時雨紛紛瀝若何灌花辭抱甕芟草欲披蓑壁任虒蝓函涅封螻蟻窠遥知南陌上相喚起

秧歌

風箏

此曲疑天上幾回到耳邊不須銀甲擫祗誤綵絲
牽秦地新聲起吳宮別調傳秋風歌未得魂斷落
花前

秋浦泛舟

野岸秋容老中流一葉輕蘋花爭放白溪水自涵
清鮮食憑誰釣寒衣尚未成采菱人去晚隔浦聽
歌聲

同諸子晚遊雅山

信宿柴溪畔登臨興復飛斜陽勾引去明月送將歸徑草從遮屐秋風欲濕衣同游二三子談笑儘忘機

聞雁

肅肅于飛雁雝雝入夜聞數行来北地一字沒南雲霜信今畨得稻粱何處分蘆灘空吽月孤客悵離羣

早梅

萬象廻春日東風第一枝暗香籠曉月疎影落清池淒切高樓笛端詳水部詩結交松與竹不負臘前期

寒夜登樓望月

高樓涼月近雙眼豁雲端野曠烟光淡庭空竹色寒江山中夜靜星斗一窓殘浩蕩天風起長吟獨倚闌

夏日湯興

地僻柴門靜薰風颭畫廊蝶衣花上曝蛛網樹邉

張免俗書千卷懷人天一方南窓時寄傲却喜晝初長

春草

平蕪一望逗芳情惹得迴風落絮縈原上離離餘恨在階前種種可憐生裙腰掩映迷三徑書帶紛披傲百城莫嘗王孫惆悵甚只知送別不知迎

新栁

纔見寒梅花落時春光又到綠楊枝柔條下上隨風舞嫩葉參差帶雨垂青眼乍開慵獨笑翠眉初

展為誰思凝粧少婦登樓望無限離情惹鬓絲

雪用眉山集韵

漫隨飛絮鬥穠纖入骨奇寒到曉嚴亂灑碧霄雲母粉巧排峰洞玉華鹽清泉淩淩趨氷谷黃雀喧喧噪屋簷試看欲融仍凍霙柳條破臘有青尖祇應朗極起林鴉冷巷安能到趣車向夕更飛六出水先春偷放一園花侵淩月榭風軒色粧點妻梅子鶴家獨有行人臨野岸支笻愁絕路三叉

觀梅次韻五首

紛紛白雪滿梁園暖入春風花欲然夾道最宜烟
一縷渡江遥共柳三眠山中高士情偏淡世外佳
人態極妍回首舊遊成底事不堪睽隔已經年
檐前鐵馬響郎當六出花開滿古墻翠羽嘈嘈空
傳粉黄蜂寂寂未尋香紗窓睡起含春雨紙帳眠
時帶曉霜不比衆芳揺落候伊人渺渺葭蒼蒼
携杖尋春破蘚苔嶺南嶺北倚雲栽衝寒每在春
前放向暖還從臘後開風送暗香来畫閣月移疎
影上瑶臺可知此地紅塵少不似劉郎紫陌回

風力霜威欲折綿名花特發草堂前數枝玉骨爭
寒雀一片氷魂伴水仙溪北横斜嚴冷日嶺南占
斷小春天羅浮夢醒空惆悵月落還宜帶曉烟
題詩東閣效誰顰別韵孤標寫未真幾朶試看驢
背客一枝欲寄隴頭人琴書獨浔山中趣松竹同
盟天下春應讓西湖林處士吟来字字絶纖塵

蠡湖泛月

月淌吳山唱鷓鴣波揺越水汎鷗凫百觚未醉西
施里一舸来遊范蠡湖好景每懐如練句寄情更

想下江圖遥知風水成文夜鑑賞氷心似玉壺

和王維早朝詩韻

漏盡銅壺報曉籌雞鳴朝客共披裘香烟影合東西仗環佩聲清十二旒宿霧盡從宮樹散濃雲合向帝城浮須臾魚鑰重門闢日色先看照殿頭

春花

萬紫千紅莫浪猜芳名獨錫此花来灊枝巧並田荆放正色休推竇桂開故紙當年徒用剪新詩今日却須裁一般意思堦前草長養春風媿爾材

盆中鴛鴦梅

開先南部久稱尊收拾春光著小盆廻雪舞蕪紅豆曲酡顔態認玉奴䰟淡濃試與松筠伴裝點全憑脂粉痕閃月窺燈齊索咲毋勞攀折向江郵

蠶豆

紅蠶夏淺恰三眠豆莢青青徧野田嫩糝吳鹽逾玉潤香蒸越桂敵蓴鮮藤花架底堆盤好竹葉杯深命酒便最是江南勝江北鄉關此味省他年

園筍

好竹盈園乍孕尖禅名玉版記蘇髯犀攢甲裊拔
何勁錦脫繃時味正甜浥浥鵝兒初泛酒飛飛燕
子恰穿簾窓前數箨休輕折要看梢雲勢漸添

中秋二首

長空一碧浩無烟萬里清光在眼前桂子似從三
徑落兎兒特放十分圓消磨長夜惟盃酒蕩漾中
流有管絃為念倚樓人寂寞殷勤延望獨遲眠
浮雲歛盡夜如何回首秋光一半過牛渚泛舟吟
客少庾邱踏月酒人多風清幾見霓裳舞露冷惟

聞水調歌我欲寄愁吹鐵笛浮槎亦擬到天河

賦得霜葉紅于二月花

者番霜信寄征鴻搖落秋花夕照中萬葉已知更夏綠一林猶自帶春紅乍疑杏苑人何在錯認桃源路未通漫向吴江吟冷句停車日晚看無窮

秋夕

槲葉村中秋意早豆花棚下夜涼多露濃荷氣生清簟風定螢光點素波好卷把看愁易盡濁醪取醉喜微酡月華淡入明河影忽聽滄浪有釣歌

秋郊晚行

天外斜陽襯落霞眼前景物倍堪誇滄江帆去衡
孤鷺曠野人歸散暮鴉烟鎖半林紅柿葉風揺兩
岸白蘆花沙頭聽得漁家話清水澄清魚可乂

秋海棠和韵

一縷香消惹恨長柔情未肯媚春光但教燒燭還
垂淚何必啼猿始斷腸看去最憐憑白石折來耐
可比紅粧莫言絶色多憔悴昨夜東籬已隕霜

登高

天高地迥覺無窮雲樹迷離一望中鴻雁橫江秋水白茱萸滿路夕陽紅短籬何處堪尋菊破帽多情不受風歸去小樓明月上引觴聊與古人同

咏螢燈

剪紙裁紗一線通縱橫麥管勢玲瓏元宵不鬥蟾光白夏月偏宜螢火紅乍滅預収紈扇底高懸猶勝練囊中誰家巧作爲兒戲故事休傳照讀同

白秋海棠二首

亭亭愛傍粉墻陰滿地霜華思不禁一片玉顔嗟

老去數行珠淚漬愁深月中叢桂移凉影露下秋
葵悽素心識得前生多怨望豈宜重賦白頭吟
柘窓珠露半離披驀見輕盈數朶垂顱影自憐紅
粉褪斷腸惟有素秋知風流欲妬何郎面淡埽空
傳虢國眉白日蒼苔多蘊藉不須外酒醉人為

賦得細雨垂楊繫畫船

垂楊深鎖雨中枝正是東風料峭時小漲溪頭門
掩畫繫船渚尾客歸時濛濛暝色迷蝴蝶淡淡波
光浴鷺鷥無限春情吟不得一聲何處洞簫吹

白燕和袁凱韻

語言猶是羽毛非朱雀橋邊見亦稀素足敢將紅縷繫故鄉好趂白雲歸若教窺水應空相縱使啣泥不涴衣可惜寄人檐下宿秋宵一任鶴高飛

對雪二首

歲云暮矣奈如何集霰霏霏此際多密灑庭前飛柳絮亂飄江上濕漁蓑迴風似作霓裳舞帶雨毄聞白苧歌漫道寒多還起粟劉义詩句正堪哦

踈踈密密更斜斜領取春風到謝家永夜窗明愁

凍雀中庭地白戀寒鴉剡溪壓損千竿竹庾嶺飄
殘一樹花但學閉門高臥者不須沽酒與煎茶

賦得一犁好雨秧初種

楝花風信熟梅初朝雨連綿好荷鉏樹樹陰濃啼
布穀村村水漲没溝渠輞川一幅圖無恙綠野千
絨繡不如　聖世青苗法盡攺秧歌聲裡續農書

賦浔數莖紅蓼一漁船

澤國微茫接遠天水蘋花放净娟娟數莖剩有悤
辛蓼一葉飄来不繫船堆垛書籤茶灶外罷汲釣

具夕陽邊灘頭領略烟波趣西手應推趙大年

白燕

君自何年換雪衣年年社日傍巢歸一簾明月梨花落十里清池柳絮飛黃氏樓中思已斷烏衣國裏夢全非江南春思蕭條甚且與閒鷗共息機

雨後漫興

授衣時逼客衣单雨後窓前淂靜觀草逕尚迷花影濕茅檐早報鵲聲乾山雲似墨収千點海月如銀走一丸不獨蟄蟲吟不徹持盃我亦笑無端

香櫞

樹頭葉底見纍纍共此橙黃橘綠時秋色勝看陶令菊吟情曾入白家詩略隨怪石山齋供小結香纓斗帳垂逢鼻一番風颯颯茗甌無暇鬥槍旗

霜信三家詠物詩選有此題詩全首缺戲為補之

娟娟珠露欲為霜白雁書空一寄將千里關山愁野草五更風月報寒蛩伊人秋水情何澹蕩婦高樓思自長漫道浙江潮有信詎知青女渡河梁

賦得踈影橫斜水清淺

一枝如玉寄春情淺碧粼粼縱復橫顧影自憐詩骨瘦臨風翻覺夢魂清鶴歸孤嶼髮無喉笛倚高樓倏有聲不是逋翁耽寂寞何人林下覓傾城

訪菊

九月霜清菊綻金同人永日到園林無心倦蝶傳消息多事寒蛩作苦吟偶爾臨風聊欲把縱然冒雨亦堪尋幽香晚節疇能匹相對籬邊思不禁

蘭

春到江南衆草深蘭芽乍茁杳難尋直從黃鳥来

幽谷得與奇花發上林有客洵堪稱竟體無言謬許訂同心猗猗一曲懷王者拂石須調焦尾琴

蕙

蕙花吹氣不如蘭競愛春風一箭攢石上菖蒲同九節草間蕭艾異千般未知帳冷憑誰怨亦道芝焚祗自歎聞說楚騷誇百畝何妨痛飲盡情看

咏雪和東坡書北臺壁韻二首

日莫雲濃帶雨纖寒威更覺朔風嚴蒼茫此際如鋪練撩亂空中擬撒鹽漸欲封條迷草徑忽聞折

竹埽茅檐擁爐獨向高樓望湖上浮圖已失尖
漫天潑墨亂啼鴉氷柱稜稜映雪車近水有臺都
積素入林無樹不生花烹茶佳話慙陶穀詠絮高
才遜謝家却怪宵寒詩思減冷吟無奈手頻乂

鳳仙

五色繁葩綴一叢来儀何似帝庭中相憐鳳子花
間集未許仙郎簫底通結寔還麸隨緑竹托根猶
得伴枯桐阿誰搗向金盆裏染個纖纖指甲紅

紅梅

夕陽疎影亂清池絳雪亭邊植幾枝春困未醒如中酒曉粧太白只凝脂忽疑春杏開何早莫恨海棠聘獨遲曾記羅郎當日事十分顏色比紅兒

綠蕚梅

草色苔痕未足誇小園梅影自横斜翠禽叫醒羅浮夢春水瀠洄處士家耐可忘形松與竹何堪轉眼葉如花世間好事多輕薄錯比仙人蕚綠華

梅

曲澗清溪素影留一枝開占百花頭竹香松翠全

輸却天意人情共惜否春到草堂遲驛使夢来紙
帳滕羅浮曉雲易散空相憶莫話西湖刺史愁

海棠

嫋嫋東風泛日遲結巢直上最高枝梅驚絕艷時
難聘蝶恨無香夢未知睡起憐渠烘外酒折来待
我補亡詩小名謾說秋花好腸斷當年少婦思

蘭

滋蘭九畹種紛紛讀罷離騷嘆出群可奈當門爭
欲去寧知入室久無聞撥残焦尾情何限簪向搔

頭怨始分幽谷自甘稱竟體佩觿佩韘揔輸君

荼蘼

花事無端了夢中嫣然開處見天工黃鬚撩刺爭香艷綠葉垂枝護粉叢夜雨愈添顏色好春醪誤許姓名同水晶簾捲餘風韵肯讓薔薇滿架紅

春雪二首

落燈風定雨連朝寒聳雙肩興寂寥乍見漫天雲葉擁旋看匝地霰珠跳此時入畫芭蕉好何處吟詩柳絮饒兀坐高樓無个事擬拈春酒醉今宵

坨南坨壮雪皚皚玉潤氷清信異哉差喜書窓明似月那知野水白于梅茶烹精舍姬何有門掩荒村令莫来為問故人相憶否扁舟乗興不應迴

牡丹已謝詩以惜之

富貴無常如此花難開易謝使人嗟生憎小别紅稀見可奈重来緑暗遮好事不曾傾宿釀閒吟祗合試新茶瑣窓夢破狂風信愁倚闌干到日斜

春雨

積靄連朝雨江鄉何處春巷深泥滑滑溪漲水粼

鄰客灑枇花落輕沾榔色新社翁原自得鳩婦不
相親潑火催寒食打窓困旅人小樓慚獨聽客舍
更傷神

夢試杏花

何處春光好偏驚二月花香侵一夜雨色罨半林
霞霜葉當風艷露枇映日華亂紅隨去馬愁思落
誰家深巷明朝買上林此際誇玉樓人醉後飛夢
繞天涯

賦得上巳接寒食

纔過日百五又届月初三小浪桃花漲新烟楊柳含鶯歌唐苑曲燕語晉人談永夜愁吹雨終朝怨采藍何須逢馬上祗是憶江南旅食渾如此臨流益不堪

賦得垂柳拂烟波

池塘栽碧柳拂水半拖烟鬱鬱嫣無力依依倦欲眠絲牽殘月下線引曉風前暗綠藏鶯語飛花撲釣船一株撐雨岸萬縷醮晴川差喜逢青眼清和四月天

桃花下偶成

春色江城早花開二月天數枝疎竹外一樹小樓邉掃黛文君麗承恩虢國妍淚垂輕帶雨粧淺淡凝烟燕蹴飄歌席鶯捎綴舞筵湘簾人寂寂粉蝶舞娟娟中酒嫣無力欹風倦欲眠却逢寒食近掩映畫闌前

秋風引十二韻

九月秋深門巷冷鯉魚風起失芳菲芙蓉寂寞慵三醉楊柳蕭踈減十圍淅瀝已聞庭葉落紛拏漸

見隴雲飛幾番折葦迷漁艇取次衝波湧釣磯丹桂叢飄香馥馥黄昏時送雨霏霏千田攪亂霜林杵一片催殘織女機戛竹似龍吟澥海入松作浪沸崔巍訴餘堦砌蛩音咽驚斷湘江雁陣歸茶熟小樓聲彷彿琴彈曲澗響依微紙窓浮動爐烟細羅帳吹開蝭夢稀張翰思鱸情頓薄班姬詠扇事全非莫言賈客乘帆便顧影淒其未授衣

春日睡起偶題

睡起春風裏清泉自煮茶小庭無客到山鳥啄梅

花

對雪

錯認梅花落猶趦柳絮飛郢中歌一曲無奈和人

稀

廻文

讀書將夜静明月愛窺簾竹逕吹風細荷池滴雨

纖

殘雪

不是飢鵶啄都因返照殘湖邉留一帶應作斷橋

看

秋風

樹杪吹黃葉天空捲白雲秋窓聲颯颯孤客不堪
聞

秋露

白似晶晶玉圓于顆顆珠文園宵不渴承露又何
須

元日

椒酒娛親罷獻卮遶籬村舍嬉遊時少年慘綠人

應羨折得梅花第一枝

太平雞犬亦安恬莫怨　皇仁到里閭風不鳴條

霜着樹一年豊穰又新占

游女曲

東風無力軟于綿正是逢場作戲天約得鄰家閒

姊妹大家齊上木蘭船

紫牡丹開漫賦二首

堂前日暖洛花開綠葉低遮白玉臺誰發狂言廻

粉面一時扶出紫雲来

國色何須說魏家庭前爛熳亦堪誇迎風拂拂花枝動紫燕穿簾影欲斜

七夕二首

涼意平添修竹廬未能免俗賦閒居此中空洞渾無物高卧難言曬我書

鵲橋競渡靈于鳥蛛網縈絲巧似蠶灑淚天邉徵雨過一彎新月挂西南

紫荊花絕句

紫荊開日春晝遲踈雨欲来風起時彷彿石家金

谷裏如意繫落珊瑚枝

新夏雨中

平田烟雨接微茫農事方興播種忙猶有山禽催
布穀一聲聲喚水雲鄉

和詠月季花

蟾宮每月遲簾波照出花枝一樣多漫擬朱書朋
字對可知紅粉自娥娥

綠牡丹次韻二首

花好何曾與葉殊青青楊柳韻還輸可知金谷繫

華地第一風流是綠珠

漫向魏姚誇鼎足無邉春色此花饒還愁肥綠同
紅瘦萬片香魂不可招

東湖棹歌二首

鸚鵡洲邉打兩橈春風吹到海門潮傍人不用歌
枇葉月子彎彎對玉簫

遨遊誰復挾飛仙兩槳分開水底天幾度弄珠樓
外望綠楊新繫女郎船

初冬即目

風戰空林無賸葉霜欺老菊有殘花茶烱裊裊微
温霥蝴蝶飛来立西乂

十姊妹花

一水盈盈客放槎夕陽紅照綠陰遮寧知枇葉枇
根外猶有人間姊妹花

種蕉

甘蕉故種紙窓前佳話何須羨綠天好待雨聲清
夜裡一燈黵澹對床眠

附詩餘

菩薩蠻

丁東玉佩當軒步空庭滴破蕉心雨薇帳攬無眠紅箋荅艷䔲　春蚕書恨字欲致羞廻避郎見未端詳空餘繡領香

小樓攬鏡清輝減嬾雲如絮漫空摻静裏撿流光秋期又斷腸　車輪轉日夕幽恨俴靈𩲡惆悵失前途浮生有幾何

藕花那向秋風好芙蓉又被西風老膏沐為誰妍

春容換去年　宛轉歡時景細膩俱堪省今日苦
流離思伊又恨伊
小雷琴向松窓抱鞓帬理曲氷絲悄㶌耳冷商聲
歡歌按未成　屏山遮九曲花面檯秋目隔浦響
輕橈從郎下晚潮
玉簫金鳳情堪數可憐顛倒鴛鴦譜春草碾車輪
胡姬狎酒巾　鳳凰山下客月落烏啼白凝恨倚
朱樓教人愁不愁
貼胷繡袜香痕歛雲幬不動巫峰險墻外唱櫻桃

綠窓日又高　佯羞攏臂剗愁緒牽亂箭舊事憶

蘼蕪枕山歸夢多

尋芳草　題鬬草圖

小鞵蹈青隊轉芳逕輭腰無礙但柔尖亂摘常被了花刺牽尋釵珮　到兩頰微赬便盤坐錦裀同賽咲拈他異種鬬儕輩只博箇東君愛

蝶戀花　題蛺蝶秋花扇

家院亭欄芳意別暗送涼颸裝做新秋節小扇描來雙蛺蝶紅藍繡草花如眉　幾朶雕雲飛不滅

伴過螢光早怕寒螿咽爾本金裙裁作繡憑教托
夢枝頭歇

ISBN 978-7-5010-6444-1
9 787501 064441 >
定價：270.00圓（全三册）